U0127359

夏目漱石　硝子戸の中

玻璃門內

目錄

玻璃門內

一

從玻璃門內向外掃視，採取了防霜措施的芭蕉、結有紅色果實的落霜紅的樹枝、無所忌憚挺立著的電線杆，頓時跳入眼簾，而其他值得列舉的東西，幾乎沒有進入我的視線。我身處書房，視野極為單調，也極其狹窄。

再則，我自去年年底患了感冒後，幾乎足不出戶，每天光是坐在這玻璃門內，所以世上的情況簡直一無所知。由於情緒不佳，書也不大看，每天只知坐坐躺躺，得過且過。

但是，我不時有所思索，情緒也多少有些起伏。不論天地如何狹小，也自有狹小天地裡的事情。此外，時常有人闖進我這個像世外桃源一樣的玻璃門內來。這是一些出乎意料之外的來客，所談所為也總是一些出乎我意料之外的事情。可以說，我是以饒有興趣的態度迎送著這些來客的。

我很想把這些情況陸陸續續地寫下來，又怕這樣的文章給忙碌的人們看了會感到極端的無聊。讓那些只在電車中掏出衣服口袋裡的報紙、瀏覽一下大字標題的讀者看報上載有我寫的這類無聊文章，這將是我的一大罪過。因爲這些人整天忙碌不堪，他們看報紙，無非是翻一翻火災、搶劫、殺人等當天新聞中最能吸引他們的事件，或者留意一下能使他們的神經受到相當刺激的措辭辛辣的報導。他們往往是在車站等候電車時買一份報紙，趁著在電車裡的這段時間，瞭解一下昨天社會上發生的事情。一俟踏進機關或公司，便連衣服口袋裡放著報紙的事都忘得個精光——實在不得空閒。

我將不辭冒著受到這些忙得僅有那麼一點兒自由時間的人們輕蔑的風險，寫些文字出來。

自去年起，歐洲發生了大戰[1]。這場戰爭何時能了結，毫無跡象可言。日本也是這場戰爭的局部參與者。戰事結束了，眼下議會已宣告解散[2]，接踵而來的大選當然是攸關政界人士的大問題。米價慘跌，導致農

1 指一九一四年七月爆發的第一次世界大戰。
2 指一九一四年十二月日本眾議院因增設陸軍師團一案被否決，從而宣告解散。

家收入無著，到處呈現出貧困蕭條的景象。往年的這時候，例行的春季相撲都已經準備上場了。總而言之，世事眞是動盪不安哪。像我這種靜靜地坐在玻璃門內的人，當然沒有興趣在報紙上拋頭露面。要寫的話，就得壓過政治家、軍人、實業家和相撲迷來寫，但我實在沒有這樣的膽量。我只是因爲有人慫恿我「在春天寫點兒什麼吧」，便寫一些儘與我有關的無聊事。至於寫到哪裡爲止，這要取決於我手中的筆和版面的情況，事先實難作出明確的預計。

二

有人打電話來找我，我拿起聽筒貼住耳朵，詢問有什麼事。原來是某雜誌社的工作人員需要我的相片，便來電話詢問什麼時候登門拍攝爲好。我答道：「這照片的事，倒不大好辦呢。」

我同這本雜誌簡直沒有什麼關係。不過，我在過去的三四年裡曾收到過一兩本，記得它的特色是刊載著許多笑臉，除此以外，就沒有任何別的印象了。可是，雜誌上矯揉造作的眾多笑臉給我留下的厭惡感至今仍未消失。這也是我要表示拒絕的原因。

雜誌社來電話者說，想要在卯年的新年號上刊載一些卯年出生者的相片。我確實是生於卯年，對方沒有搞錯。於是我這麼說道：

「你們為雜誌需要而拍攝的相片，不是笑嘻嘻的就行不通，對嗎？」

「不，沒有這種事。」對方立即答道。彷彿我迄今為止一直誤解了這雜誌的特色。

「如果你們對於在下的面容並不介意，我想，讓你們刊登也未嘗不可。」

「哦，那好極了，多謝。」

我同對方約定日期後，掛斷了電話。

隔了一天，在約定的時間裡，這位打電話來的人穿著漂亮的西裝，帶著照相機走進了我的書房。我倆交談了一會兒有關他這本雜誌的事情。然後，他替我照了兩張相，一張是坐在寫字臺前的一貫姿勢，另一張是站在寒冷的庭前霜地上，普普通通的樣子。書房裡的光線不大亮，所以安置好照相機之後，點起了氧化鎂。在氧化鎂燃燒起來之前，他把半邊臉轉向我，說道：「雖說我們有約在先，但您能不能稍微帶點兒笑容呢？」我聽後，忽然感到有些滑稽，同時又感到這個人眞蠢。我只說了句「這樣就可以了吧」，沒有理會對方的要求。他讓我站在庭園的樹叢前，把照相機的鏡頭對準我。這時，他又像方才那樣彬彬有禮地複述著那句話：「雖說我們有約在先，但您能不能稍微……。」同方才相比，我現在連想笑的滑稽感都沒有了。

大概過了四天吧，對方寄來了我的相片。相片上的我竟一如對方所要求的那樣——帶著笑容。於是，我頗懊喪地盯著自己的笑臉，望了好一會兒，因爲我斷定照片上的笑容是人爲地裝出來的。

愼重起見，我把這張相片給四五個來我家的人看了，他們的看法都同我一樣，認定笑容是裝出來的。

有生以來，我曾有好多次不願在人前笑卻又面帶笑容。看來，我的這種虛假行徑，今天在這位攝影師的手下是得到了報應。

他雖然把這張笑得頗尷尬的相片給我寄來了，卻始終沒有把刊登這張相片的雜誌寄給我[3]。

三

從H君[4]那裡要來一隻小狗的事，不知不覺間距今已三四年了。想起這件事，我總覺得自己像是在做夢。

當時，牠還很小，剛剛斷奶。H君的門徒把牠裹在包袱布中，乘了電車送到我家中來。當晚，我把牠安置在後面的雜物間裡，讓牠睡在一個角落上。我鋪好了可以禦寒的稻草，給牠創造了一個儘量舒適一些的睡處，然後關上了雜物間的門。天沒黑牠就叫起來了。整整一個夜晚，牠都在用爪子撓門，想破門而出。牠大概是感到在暗處孤眠不勝寂寞吧，好像一夜

3 此照曾刊於不動產儲蓄銀行的《笑謎謎》雜誌一九一五年一月號，據傳為夏目漱石存世的照片中唯一一張面帶笑容的。

4 指寶生新（1870-1944），日本寶生流能樂師，曾教授夏目漱石謠曲。

不曾合眼。

第二天晚上，第三天晚上，牠這種不安的情緒依然存在著。過了一個多星期，牠總算能在給牠鋪著的稻草上安睡了。而在這一個多星期裡，我一到晚上就惦掛著牠。

我的孩子很珍愛牠，一有工夫就去逗弄牠。但是牠沒有個名字，也就無法呼喚牠。而孩子們與一個有生命的小動物做朋友、玩遊戲，他們無論如何得呼喚對方才行呀。於是，他們苦苦懇求我給這條狗起個名字。我終於為孩子們的這位朋友起了個偉大的名字——赫克特。

赫克特是《伊利亞德》中寫到的一位特洛伊勇士。在特洛伊人同希臘人的戰爭中，赫克特最後被阿基里斯殺死，阿基里斯替自己那死在赫克特手下的朋友報了仇。當阿基里斯怒氣衝天地從希臘人那邊殺出來的時候，只有赫克特一個人沒有逃進城中。赫克特繞特洛伊城三匝，躲避阿基里斯的槍尖。阿基里斯也繞特洛伊城三匝，緊緊追趕，終於用槍刺殺了赫克特，然後把赫克特的屍體縛在自己的戰車上，又繞著特洛伊城轉了三圈……。

我就給這隻用包袱布裹著送來的小狗起了這麼個偉大的名字。家中的孩子當然一無所知，開始時嚷道：「眞是個怪名字呀。」但隨即就習慣了。而小狗一聽到有人呼叫「赫克特」，也會高興地搖搖尾巴。後來，連這個名字也同「約翰」、「喬治」等平凡的基督教信徒的名字一樣，竟使我感覺不到絲毫的古典韻味了。與此同時，家裡的人漸漸地不像原來那樣珍愛牠了。

赫克特一度患過大多數的狗都會得的犬瘟病而進了醫院。那時，孩子們常去探望牠。我也去看望過牠。牠看見我來時，顯得很高興地搖著尾巴，用依戀的眼神仰望著我。我便蹲下身子，把臉湊近牠，用右手撫摩牠的腦袋。作爲一種回禮，牠一味地想舔我的臉。那次，牠當著我的面，第一次聽從醫生的吩咐，飲了一點兒牛奶。一直側著腦袋望著牠的醫生也說道：「照這樣看來，也許不久就會痊癒了。」赫克特果眞病癒出院了，牠回到家中，亂蹦亂跳，十分神氣。

四

不到一天的時間，牠交上了兩三個朋友，其中最親近的乃是附近某醫生家中的搗蛋鬼，牠們差不多大。這搗蛋鬼名叫約翰，是典型的基督教徒名字，但是牠的品性遠比異端者赫克特低劣，愛隨意咬人，最後終於被人打死了。

赫克特把這個壞朋友領到家中的庭園裡來，肆意糟蹋，給我找麻煩。牠們不停地挖著樹根，爲挖出了一個毫無用處的大洞而感到欣喜。牠們故意在漂亮的草花上打滾，使花和莖散的散、倒的倒，狼藉不堪。

約翰被打死之後，無聊的赫克特學會了夜遊和晝遊。我出去散步時，經常看到牠在涼亭旁曬太陽。而牠只要在家，總是盯住可疑的人吠叫。其中有一個來自本所一帶、十歲左右的孩子角兵衛獅子，受牠的攻擊最甚。這個孩子總愛叫著「恭喜啦」地走進屋來。如果不能從家中的僕人那兒討得些麵包皮或一分錢，他是絕不走的。因此，不論赫克特怎麼吠叫，他也不逃。相反，最後倒往往是赫克特一邊吠叫一邊夾著尾巴退到雜物間去了。總之，赫克特是個懦夫，從品行方面來說，也已墮落到不亞於野狗的地步了。不過，牠始終沒有丟掉狗類通有的依戀人的本性，常常是一照面，就搖著尾巴朝我跑來，有時把牠的背脊往我身上亂蹭。我的衣服和外套不知被牠的泥爪子踩汙過多少次了。

去年的夏天至秋天，我病了一場[5]，大約有一個月沒能同赫克特見面。等到病情總算有了好轉，能夠走出房門時，我方始在暮色中看到牠站在飯廳外的簷廊上。我立即呼喚牠的名字，但牠一動不動地伏在樹木圍籬底下，任憑我一味地呼喊，一點也不領情。牠腦袋不動，尾巴不擺，宛如一塊白色的物體黏牢在圍籬的底邊上。想到一個來月沒同牠見面，牠竟連主人的聲音都忘掉了，我心裡不禁感到一絲淡淡的哀愁。

秋天又來臨了。這天晚上，所有房間的防雨套窗都沒有關上，從屋裡可以清晰地望見閃亮的星光。在我所站的飯廳外的簷廊上有兩三個僕人，

5 夏目漱石在一九一四年九月胃潰瘍第四次發作，休養了一個月左右。

在我一再呼叫赫克特時，他們連頭都不回一下。恰如我被赫克特忘卻了一樣，他們也早把赫克特丟在腦後了。

我默默地回到起居間，一頭躺倒在鋪著的被褥上。因爲是在病後，我穿著不合時令的帶領子的黑色厚綢袍子。我嫌脫袍子麻煩，便和衣仰臉躺下，把手交叉著放在胸前，默默地凝視著天花板。

五

第二天早上，當我站在書房外的簷廊上環視眼前初秋時節的庭園時，偶然間又認出牠的白色身影出現在青苔上。我不願意重蹈昨晚的失望，故意不喊牠的名字，但我不能不站在那裡，目不旁視地注意著牠的舉止。只見牠把腦袋伸到擱置在樹根處的一只石製洗手盆裡，咕嘟咕嘟飲著積聚在盆中的雨水。

我不知道這只洗手盆最初是何人何時拿來的，在我搬到這兒來住的時候，曾命花匠把這只翻倒在後院角落上的六角形洗手盆移至現在所在的地方。當時，盆上長滿了青苔，刻在盆側的文字一點兒也看不清楚。不過，在搬動這只盆時，我記得自己曾把上面刻著的文字讀過一遍，內容是明瞭的。具體的文字，腦海裡沒有印象了，只記得那些文字使我產生過一種不尋常的感觸，這一點至今還留在我的心坎上，那內容中飄逸著寺廟、佛和無常的氣息。

赫克特神情沮喪地垂著尾巴，背對著我。在牠離開洗手盆時，我看見牠的嘴裡流著口水。

「牠病了，得設法給牠治一治。」我說著，回頭望了望女看護。當時我還雇著女護士。

第二天，我一眼看到牠睡在木賊草中。於是，我向女看護重複了一遍昨天說過的話。但是赫克特此後就沒有再回家，蹤影全無了。

「我想帶牠去看醫生，找來找去，哪兒也沒有牠的蹤影。」家裡的僕人說著，看看我的臉。我沒有吭聲，但是腦海裡湧現出剛獲得牠時的情形來，眼前也朦朧地浮現出交登記表時的滑稽事兒——在種類一欄裡填了「混血種」，在顏色一欄裡填了「紅色花斑」。

大概在牠失蹤了一個星期之後，同我家相隔一兩百公尺的某人家差遣一名女僕來報信，說是在此人家庭園裡的一個水池中浮起了一具狗屍，拖上來後一看頸圈，見刻有我家的名號，於是跑來通知。女僕問道：「要不要就地埋了呢？」我立即命車夫去把狗領回來。

我不知道特意差遣女僕來的人家具體坐落在哪兒，只是估計大概是在我小時候就熟悉的那座古廟旁。這廟裡有山鹿素行[6]的墓，山門前有一株古老的朴樹，彷彿在紀念著舊時的幕府時代。從我書房北側的簷廊上，越過眾多的屋頂，可以清晰地看到這株樹。

車夫把赫克特的屍體裹在席子裡，帶回家中。我刻意沒走近牠，而是讓人去買了一塊小小的白木墓標，在墓標上題了這樣的字：「秋風蕭瑟，埋骨土中。」我把墓標遞給家中僕人，命他豎在赫克特長眠的土上。牠的墓在貓的墓所[7]的東北面，相距大約一公尺多。站在我書房北側那冷得照不到陽光的簷廊上，由玻璃門內觀望遍地白霜的後院，兩個墓都能看到。

同已經微微朽黑的貓的墓標相比，赫克特的墓標顯得熠熠生輝。不過，要不了多久，兩塊墓標都將朽成同樣的顏色，也同樣地不會惹人注意了。

六

我同這位女子[8]前後見過四五次。

她第一次來訪時，我不在家。據說，傳話的僕人提醒她「最好帶個介紹信來」，但她說「沒法特意去索取這種東西」，就回去了。

過了一天，她寫信來，開門見山地問我什麼時候有空。我從信封上明白了：她就住在附近，可說是近在咫尺。我立即寫了回信，指定了會面的日期。

她按照約定的時間來了。首先映入我眼簾的，是她穿著一件印有三片槲葉花紋的色澤漂亮的絲綢短外套。看來，她基本上把我的作品讀遍了，

6 山鹿素行（1622-1685），日本江戶幕府前期的儒者、兵學家。
7 指夏目漱石的名作《我是貓》中寫到的那隻貓的墓。
8 指吉永秀。《漱石全集》收有作者在一九一四年十一月和十二月給她的兩封信。

所以話題多數圍繞著那些方面轉。而初次見面就聽對方一味讚賞自己的作品，這看來很可慶幸，其實是非常尷尬的事。說實在話，我很難堪。

隔了一個星期，她又來了。於是，又對我的作品恭維了一番。但是我心裡極想避開這個話題。她第三次來的時候，顯得非常激動，從和服的袖子裡掏出手絹，不住地擦眼淚。然後，她央求我幫幫忙，把她迄今為止所受的可悲經歷寫下來。可我還沒有聽到具體的內容，不置可否。我試著詢問道：「唔，一旦寫出來，會不會給人增添什麼麻煩呢？」她便用出奇堅定的口吻答道：「只要不寫出眞名實姓，當然不礙事的。」於是，我特意安排出時間，來聽她講述經歷。

到了約定的那一天，她卻帶來了一位說是很想見見我的女子，並且「希望能把約定的事改在下一次再談。」我當然沒有那種責備她爽約的意思，同她們兩人閒聊一通之後，就分手了。

她最後一次到我的書房裡來，是在次日的晚上。我緘默不語，她在開始講述可悲的身世之前，一邊用黃銅火箸戳著放在自己面前的桐木手爐中的爐灰，一邊對我這麼說道：

「前一陣我很興奮，曾央求您把我的事寫下來，但我現在改變主意了，光想請先生聽一聽，所以謹作罷論吧……。」

我聽後，這麼答道：「沒有得到你的允諾，即使是非常令人感興趣的題材，我也絕不想落筆的，你放心好了。」

她見我作了確鑿的保證，便說了聲「那麼」，開始講起她這七、八年來的經歷。我默默地望著她的臉。但她總是低垂著眼簾，注視著火盆當中，並用漂亮的手指輕拿著黃銅火箸，撥弄著爐灰。

碰到聽不明白的地方，我便向她提出簡短的詢問。她的回答很簡單而又爲我所能接受。不過，基本上是她一個人在講，我只是凝神靜聽，彷彿一尊木頭雕像。

不一會兒，她的臉頰熱得泛起了紅潮。大概是不曾擦粉的緣故吧，她那潮紅的臉頰很醒目地映入了我的眼簾。她俯首坐著，所以一頭濃郁的黑髮自然而然地引起了我的注意。

七

她的自白極其淒慘，我在一旁聽著，簡直喘不過氣來。後來，她向我提出了這樣的問題：

「要是由先生來寫成小說，會怎麼處置這個女主人公呢？」

我答不上來。

「先生認爲這女子是死了好呢，還是讓她繼續活下去好呢？」

「這兩種結局，我都可能寫的。」我這麼回答著，暗中窺視了一下她的神情，見她好像在懇求我給她一個更明確的答覆，只好回答說：

「如果從生命是人生的第一大義來考慮，女子就這麼活下去也未嘗不可。但是，若把美和高尚歸在一起來評價人生，問題就可能不同了。」

「先生會選擇哪一種呢？」

我又進退維谷了，只好默默地聽她說。

「想到自己現在持有的美的心緒將隨著時間的消逝而漸漸淡薄，眞是太可怕了。想到眼下的記憶消失後，未來的生活無非像失去了靈魂的軀殼一樣，我就感到痛苦異常，恐懼不堪。」

我明白她在這個大千世界中，眼下正處於遺世而獨立、不得紋絲自由的境地。我也明白她這種欲罷不能的境遇絕不是我的力量所能顧及得了的。我只能站在愛莫能助的旁觀者立場上，凝視著她的苦痛。

爲了不至錯過服藥的時間，我已養成把懷錶掏出來擱置在坐墊旁的習慣，即使有客在場，我也不忌諱。

「已經十一點了，你該回去了。」我終於這麼對她說道。她站起來，沒有一點不高興的樣子。我又說道：「這麼晚了，我送你吧。」便同她一起下至門前的脫鞋處。

這時，皎潔的明月高懸，遍照著靜謐的夜色。來到大街上，木屐踩在幽靜中的泥土上，幾乎聽不見一點聲響。我把手揣在懷裡，也沒戴帽子，就那樣跟在她身後一路走去。走到拐角處，她向我打招呼說：「承先生相送，實在罪過。」我答道：「說不上什麼罪過。一樣都是人嘛。」

當走到下一個拐角處時，她又說道：「承先生相送，我感到不勝榮幸。」我很認眞地問她：「你眞的感到不勝榮幸嗎？」她簡短而清晰地答道：「是的。」我便說：「那你別去死，請活下去吧。」不過，我並不知道她是怎樣理解我這句話的。接著，我又送她走了大概一百公尺光景，就折回家中了。

聽了她泣訴的苦難經歷，我這天晚上反而滋生出了一個人本該有的好情緒，我已好久未曾有過這樣的心情了。我發現，這種情緒就如同讀了文學藝術方面的妙文一樣。這不禁使我感到自己過去頗得意地出入於有樂座[9]和帝國劇場[10]的樣子是很淺薄的。

八

我疲憊地在佈滿不快的人生道路上行走，心裡時常在想著自己總有一天要到達死的境地。我堅信那死一定要比生快樂。我也想像著屆時將是人類所能達到的至高無上的狀態。

「死比生可貴。」

這句話近來不斷地在我胸中徘徊。

但是我現在仍活著。從我的父母、祖父母、曾祖父母漸次上溯，一百年、二百年，乃至一千年、一萬年，人們已養成了一種固習，而我這一代勢必不可能衝破這樣的固習，所以我也依然執著於這個「生」了。

爲此，要我給人以什麼忠言，我一定不會越出以生爲前提的範疇。我認爲，我必須在如何活下去這一狹窄的範圍內，以人類的一員來應答人類的另一員。既然承認自己在生當中活動，又承認他人也在這生當中呼吸，那麼，不論如何苦，也不論如何醜，相互之間的根本大義當然得置於這生的基礎上才行。

「如果活著很痛苦，那就去死吧。」

即使是非常悲觀地看待人生的人，也不至於說出這種話來的。醫務人員面對安然臨終的病人，會特意用注射等手段，想方設法地延長患者的苦

9 日本第一所西式劇場，創辦於一九〇八年，毀於一九二三年的關東大地震。
10 日本電影公司東寶的直營劇場，創辦於一九一一年，坐落在東京千代田區。

痛，哪怕片刻也好。縱然這種近乎拷打的行爲是人的道德所允許的，也說明我們是多麼頑強地執著於這個生命哪！我終於不能慫恿她去死。她的心胸已受到了無藥可救的嚴重創傷，與此同時，這創傷也給她帶來了一種普通人沒有經歷過的美妙回憶，使她面目生輝。

她像珍視寶石一樣，鄭重其事地把這一美妙的回憶永遠銘刻在心間。可悲的是，這一美妙的回憶就寓於使她遭受比死還痛苦的創傷裡，這二者猶如紙的正反面一樣不可分割。

我對她說：「請你在能醫治一切的『時間』的流逝中聽其自然吧。」

她喟然長歎道：「這樣的話，我那寶貴的記憶也要漸次消弭了。」

公正的「時間」會從她手中奪走那至貴的寶貝，但也會使她的創傷漸漸痊癒。「時間」讓熾烈的生的喜悅朦朧而恬淡，與此同時，它也在努力使眼前隨同喜悅而來的活生生的痛苦得到解脫。

我想，即使奪取她心中篤愛的熾烈記憶，也要讓「時間」抹掉從她的創傷處淌出來的鮮血。因爲我認爲「不管怎麼平庸，活下去總比死好」，這是適合她的情況的。

我這個一貫篤信死比生可貴的人所表示出的這種希望和箴言，終究無法超越那充滿不愉快的生。而且，這種做法明白無誤地證明了我在具體行動上是一個凡庸的自然主義者。我至今還在用半信半疑的眼光凝視著自己的內心深處。

九

我在高中求學的時候，同一位叫O的朋友[11]交往比較密切。我那時候沒有很多的朋友，所以同O的往來自然頻繁。我大概平均一星期去看他一次，而在某一年的暑假裡，我幾乎每天都到他所住的眞砂町去，邀他同往大川游泳場[12]。

---

11 指太田達人（1866-1945），岩手縣人，由第一高等中學進東京帝國大學，就讀於物理系，一九一三年後在庫頁島任中學校長。

12 設在隅田川兩國附近的岸邊游泳場。

O是東北地方的人，說起話來的腔調同我們這一帶的人不一樣，顯得鈍而慢，令人感到他的談吐同他的氣質眞是相稱極了。我記得自己曾同他有過許多次爭論，但始終沒有看到他臉上出現過生氣或激動的神情。光從這一點來說，他就完全是值得我尊敬的長者。

他的氣概豁達大度，腦袋也比我碩大得多，時常獨自思索著一些我當時想都不曾想到過的問題。他一開始就志願學理科，但對哲學方面的書籍愛不釋手。我現在還記得當時曾向他借過一本斯賓塞[13]的《第一原理》。

在一碧如洗、秋高氣爽的日子裡，我倆經常連袂外出，一面閒聊一面信步而行。這時候，可以看到越過牆頭、伸向路上來的樹枝上點綴著鵝黃色的小葉子，雖說一絲風都沒有，葉子卻在簌簌地向下飛落。他偶然視及這一景色後，曾低聲叫道：「啊，我有所悟了。」而我唯覺得在清澄的秋色裡運動的東西是多麼美，所以他這蘊涵著某種哲理的言語，就像什麼密碼似的，把不尋常的響聲傳入了我的耳朵。「有所悟這玩意兒眞是奇妙哪。」接著，他用平時那種慢吞吞的語調，自言自語似的作了說明。我聽後，還是一句話也接不上去。

他是一個窮苦學生，借宿在大觀音[14]附近，自己燒飯吃。那時候他留我吃飯，常以烤鮭魚乾款待，夠寒磣的。有時候去買點煮豆來代替年糕，兩人把包食物的竹葉打開就下筷了。

大學畢業不久，他去外地的中學執教。我爲他感到惋惜，但是不瞭解他的大學老師也許會認爲這對他是非常恰當的呢。他本人當然是毫無怨言。幾年之後，他接受了爲期三年的合約，應聘去中國的某學校任教。任期結束回來後，他旋即在國內擔任了中學校長，由秋田遷居橫手，現在在庫頁島任校長。

他去年有事到京城，順便來看看我這個闊別已久的朋友。我從傳話的僕人手中接過名片，立即邁步朝會客室走去，像往常一樣，比客人早一步入座。他順著走廊來到房門外，一眼看到我端坐在坐墊上，立即嚷道：

13 赫伯特．斯賓塞（Herbert Spencer, 1820-1903），英國哲學家，「社會達爾文主義之父」。

14 指日本東京文京區蓬萊町光源寺。

「你眞會裝模作樣哪！」

當時也不知怎麼搞的，他的話還沒說完，我就脫口而出答了句「嗯」。我這種招呼不啻是在肯定對方的指摘完全正確，而這樣的回答怎麼會如此自然、如此順口、如此不費事地由我喉嚨裡輕捷地滑出來呢？看來，我當時的情緒一定是好得纖塵全無，可以與人肝膽相照了。

十

O同我面對面坐下，我們先相互端視對方的臉。我看到他臉上還存有昔日的面影，宛如令人依戀的舊夢留下的紀念，但又彷彿舊情被朦朦朧朧地揉進了新的氣氛中，顯得灰暗而迷離。我倆已不可能抗拒可畏的「時間」的威力而復返故態，現在，兩人只好去回顧自分別以來到今日相見爲止這段時期裡的奇妙經歷。

O從前有著紅如蘋果的臉頰，比人大一倍的圓眼睛以及胖乎乎、不啻是女子模樣的臉龐。即使現在看來，他還是一個紅臉頰、大眼睛、臉盤豐滿的人，只是具體情況和從前不盡相同。

我讓他看我嘴上的鬍子和鬢角，他也撫摩著自己的頭讓我看：我的鬢毛已經發白，他的頭也開始謝頂了。

「人要行至庫頁島，大概也就到頭了吧。」我揶揄地說。他聽後答道：「哦，是啊。」接著談了各種各樣有關庫頁島那邊的情況，都是我前所未聞的事。不過，我現在已經完全忘光了，只記得一點，就是那裡的夏天眞是好極了。

好幾年沒同他一起上街了。他在雙排扣禮服上套了一件顯得輕飄飄的寬袖和服外套，活像一隻黑鳶。上了電車，他一手抓著吊環，一手從衣袋裡掏出一包用手絹紮好的東西給我看。我便問：「是什麼呀？」他答道：「栗餡包子。」這栗餡包子是先前在我家裡時端出來當點心吃的，也不知他是什麼時候包到手絹裡去的。我不免有些吃驚。

「你把那栗餡包子帶出來了？」

「好像是的吧。」

聽他的腔調，彷彿在表示「眞是少見多怪」。他隨即把這包包子放回衣袋裡。

當晚，我們去帝國劇場。我手中的兩張票上寫明由北邊的入口進場，但我搞錯了，竟往南邊的入口轉去。他便提醒我說：「不是那個入口哪。」我停步想了想：「眞的呢。應該是庫頁島那個方向才對哪。」說著便折向指定的入口。

他一開始就說他對帝國劇場很熟悉，但是吃過晚餐、要回到原來的座位上去時，他也像許多人一樣，把二樓和一樓的入口搞錯了，令我解頤。

他從衣袋裡掏出金絲邊眼鏡，不時看看手中的說明書，又若無其事地照樣戴著眼鏡望著遠處的舞臺。

「你這是老花眼鏡吧？戴著它看得還眞夠遠的呀。」

「唔，家——普——島——」

我一點兒也不明白這「家普島」是什麼意思。他便告訴我：這是中國話，意思是「差——不——多」。

當晚回去時，他在電車裡同我分手，然後逕自往又遠又冷的日本北部的邊緣地區去了。

每次思及他，就會想到他的名字——達人。我覺得這個名字眞是上天特意替他訂作的，並且想到這位達人就在冰天雪地的最北塞，擔任著中學校長之職。

十一

有一位夫人爲介紹一個女子來找我。

「她想煩請您看一看她寫的東西。」

聽了這位夫人說的話，我的腦海裡不禁思緒萬端。迄今爲止，曾有不少人到我這兒來，要我看一看他們自己寫的東西，其中還不乏長篇，稿子成摞，足有一兩寸厚。只要時間允許，我是盡可能讀的。我的想法很單純，認爲只要讀過，也就完成受託的任務，可以心安理得了。不料對方接著就要我幫忙讓報社、雜誌社發表。這已是屢見不鮮的現象了。看來，這些人中頗不乏以請人看一看爲手段來達到獲得稿費的本來目的者。我便漸漸不願好心好意地去看陌生人寫的聱牙東西了。

當然，同當教師時相比，我現在的時間無疑是有些彈性的。不過，我一著手自己的事兒，腦子裡就不大能顧及別的事了。連我憑著一股熱情說定替人看的稿子，有時也無法兌現。

我把我的想法如實地講給那位夫人聽，夫人充分理解我這番話的意思後回去了。被介紹來見我的女子走進我的會客室，當是在我坐到坐墊上沒多久的時候。我把視線越過玻璃窗，望著馬上就要淒淒雨下的昏暗天空，對女子說：

「這事可不是社交。如果你我之間光談些好聽的，那就永遠不可能得到啓發，也不可能有所受益。你要是不下決心直言，一切就等於零。你只有毫無掩飾地把一切向我公開，我才能看清你實際上站在何處、面向哪一邊，屆時我才能指導你。也可以這麼說，我這種指導資格本是你給我的。因此，我若有所問，而你肚裡確有所答的話，那就絕不允許不置可否。你要是顧慮自己這樣一答會被人笑話、會丟醜以及可能有失體統而惹人生氣，於是想方設法把自己的原形抹得面目全非給對方看的話，我再怎麼急不可耐地要使你得到好處，也只能落得個無的放矢的下場。

「這是我向你提出的要求。當然，我也絕不對你隱瞞我這方面的情況。只有赤誠相見，我才能對你有所教益，別無他途可尋。所以說，當我的考慮出現什麼漏洞，而這漏洞又被你識破的話，那就意味著我的弱點被你捏住了，遂一切宣告失敗。認爲只有求教者才有義務剖腹相見的觀點，顯然是錯誤的。教人者也應該赤誠相見。雙方都要拋開社交的氣味，互相推心置腹。

「所以，我在讀了你寫的東西後，也許會很不客氣地提出相當尖銳的批評，你可不能生氣，因爲我並不是爲了要傷害你的情感才這麼做的。而你呢，若是有不理解的地方，請隨時隨地提出詢問。你是爲了理解我的觀點而質詢，我絕不會不高興的。

「總而言之，我們這種做法是同光以維持原狀爲目的、以表面圓滑爲主體的社交大不一樣的，你明白了嗎？」

女子表示「明白了」之後，回家去了。

十二

有人找上門來要我題字寫詩，並且沒等我同意，就把詩箋和絹寄來了。起先，我不忍見人因熱望落空而掃興，所以不避字拙之嫌，悉依對方的要求辦了。但是，這樣的好意看來難以持久，我便漸漸不把諸多的有求者當作什麼大事了。

我有時候甚至會覺得：人生在世，無非是爲了天天丟醜。所以這種把拙字送人的做法嘛，只要敢爲，也不是不可爲的。但是，當我不舒服時，當我很忙時，或者當我不想幹這種應酬事時，那些人一再不斷地要我寫這寫那，實在令我窘不可言。我同這些人中的好多人根本不認識，所以他們簡直不會想到把他們寄來的詩箋再寄回去要耗費我很多工夫。

其中有一個人特別叫我感到不快，他姓岩崎，住在播州的阪越[15]。我記得，此人在幾年前經常寫明信片來向我求索俳句，我每次都按他的要求寫了寄去。後來，他又寄給我一只薄薄的小方郵包。我連拆郵包都覺得麻煩，便原封不動地丟在書房裡。而女僕打掃房間時，無意中使它落到書堆裡去了。這郵包也就這麼「頗體面」地丟失了。

在這小郵包寄來的前後，我收到過名古屋寄來的一罐茶葉。不過我壓根不明白這是誰、又是爲了什麼事而寄給我的，就老實不客氣地把茶葉泡來喝了。沒過多久，這個阪越人來信催我把〈富士登山圖〉寄回去。我覺得自己根本沒有收到過他這樣的東西，也就不予理睬。然而，他再三再四地催我歸還〈富士登山圖〉，簡直沒完沒了。我終於懷疑起他的神經是否正常了。「他很可能是瘋了」，我心中這樣認爲後，決定對他的催促置之不理。

又過了兩三個月，記得是在夏初時節，那天，我坐在雜亂不堪的書房

15 即今日本兵庫縣赤穗市阪越町。

裡，覺得憋得難受，便一個人慢慢地把東西整理整理。我在整理書籍時，把那些隨手摞在一起的字典和參考書一本一本地分開，重新放好。想不到那個阪越人寄給我的小郵包在這時出現了。我看到眼前這件早已被我忘掉的東西時，也十分吃驚，趕緊解開來查看，只見裡面是一張疊得很小的畫。看到這張畫就是〈富士登山圖〉時，我又大吃一驚。

郵包裡還附著一封信，信上是向我索求畫贊，還寫著「另寄茶葉為禮」。見狀，我越發吃驚了。

當時，我實在無力去寫什麼〈富士登山圖〉的畫贊了。我的情緒離題字這一類事相距太遠，根本顧不上去思考與此圖情景交融的俳句。但我感到膽寒，便鄭重其事地寫了一封信，為自己的怠慢深致歉意，接著，感謝他寄送了茶葉。最後，我把〈富士登山圖〉包好，寄回給他。

十三

我以為這事就此了結了，便不再把這個阪越人的事放在心上。後來，他又寄來了詩箋，這次是要我題寫有關義士[16]的文句。我回信表示「改日寫上」，不料後來一直無暇顧及，終於擱置了。看來此人很會糾纏，他絕不善罷甘休，遂開始沒完沒了地催促。每星期或每兩星期準來催一次，每次都是寫明信片，開首又總是那句「拜啓，謹請原諒……。」漸漸地，我看到他寄來的明信片就感到不快。

與此同時，他的催促出現了我始所未料的奇妙特點。起初是說：「不是給你寄過茶葉了嗎？」對此，我沒有答理。他後來就說成：「請把上次的茶葉還給我。」還茶葉這事，我本不在乎，但我嫌麻煩，很想這樣回覆他：「你若來東京取，我當即還你。」可我覺得這樣寫信給他，似乎有損於我自己的人格，便忍耐著作罷了。對方見我沒有回音，催得更凶了，說什麼「不還茶葉也行，權作一元錢的代價吧，請把錢寄來。」這個人漸漸地惹我冒火了。最後，我終於克制不住自己，寫信對他說：「茶葉已經泡

16 指赤穗義士的事。一七〇三年一月，有四十七名武士為主人淺野長矩報仇，襲擊了江戶本所松阪町的吉良義央住宅。這些武士又被稱為赤穗義士。

茶喝了，詩箋也找不到了，今後你不必再徒勞寫明信片來了。」我心裡爲遭遇這種事而感到異常的惱火。因爲我覺得這個阪越人竟把我逼至可怕的洞穴，叫我不得不使用非紳士的語言講話；因爲我想到自己不得不爲了這種人去承受品格和人格的墮落，這實在是太可悲了。

但是這阪越人表現得心平氣和。他又寫明信片來，說道：「茶葉已經泡茶喝了，詩箋也找不到了……這種講法太那個了吧……。」而開首依然按老規矩寫著：「拜啓，謹請原諒……。」

這時候，我決心同此人絕交。不過，我的決心不能對他的態度產生任何影響。他照舊不停地來催問，竟然說道：「若能再替我寫一次，我當再寄上茶葉，怎麼樣？」後來又說道：「即便看在事情有關義士的份上，也該寫一寫吧。」

我正感到明信片有一陣不寄來了的時候，他卻改寄封口信了。當然，信封是用區裡的公家機關所使用的那種極便宜的灰色貨，而且故意不貼郵票。因此，他沒在信封背面寫下寄信人的名字，就把信寄掉了。我曾兩度爲此而付去加倍的郵資。最後，我把他的姓名和住址告訴了郵差，讓郵差原封不動地把信退回去。也許是因爲他因此而付了六分錢[17]吧，總算放棄了催我的念頭。

但是過了兩個月光景吧，快過年了，他給我寄來一枚普通的賀年片。這事倒叫我有點兒感動，便在詩箋上題了字後寄給他了。但是他並不因此而感到滿足，竟不斷寫信來，說是「詩箋被折壞了，被弄髒了」，不住地求我重寫一次。現在，也就是在今年這新的一年到來時，他在七日還是八日的時候，又寄來了求索信：「謹請原諒……。」

有生以來，我還是第一次遇到這種樣子的人。

十四

最近，我無意中比較詳細地聽到了從前有強盜潛入我老家的事。

那時，我的兩個姐姐都還未出嫁，所以論年代，大概是在我出生前後

17 當時的信資是三分錢。

的那段時期吧。反正，當時正是動盪不安的時代，到處流行著「勤王」、「佐幕」這一類殺氣騰騰的語言。

一天夜裡，大姐姐半夜起來小便後去洗手，她開了便門，看見在狹窄的中庭的一角，那株壓向院牆的古梅樹的根部突然一亮。姐姐根本無暇好好思量，旋即關上了便門。待到便門關上後，她站在那裡琢磨著方才出現在眼前的奇怪亮光。

曾銘刻在我幼小心坎上的這位姐姐的形象，至今一回憶，就會浮現在我眼前，呼之欲出。不過，姐姐留給我的這一幻象是業已出嫁、染黑了牙齒[18]的形象，所以姐姐當時站在簷廊上那副有所思慮的少女形象，我現在頗難通過想像描繪出來。

寬寬的前額，淺黑色的皮膚，小巧卻輪廓分明的鼻子，大於一般人的雙眼皮大眼睛，外加阿澤這麼個優雅的名字——我只能把這些情況排列在一起，想像著姐姐當時的形象。

她站在那裡思考了一會兒。「莫非是發生了火災？」她不免擔憂起來。於是，她不顧一切地又打開小小的便門，向外張望，說時遲那時快，只見一把光閃閃的出鞘刀從黑暗中嗖地朝方形小門裡殺來。姐姐嚇了一跳，身子向後畏縮。據說就在這一瞬間，手提強盜燈[19]的蒙面者，手持出鞘的刀，由便門進入裡面的主樓。聽說強盜有八名之多。

他們脅迫我的父親，表示：這次並不是爲了殺人而來的，只要大家老老實實，不會傷害眾人，可是得借點錢出來充作軍費。父親一口拒絕：「沒有錢。」但是強盜無論如何不答應，說：「先前到路角上的小倉酒館去過了，說是你這兒有，所以跑來了。你隱瞞也無濟於事。」他們就是不走。父親終於喪氣地拿出幾個金幣放在強盜面前。強盜大概是嫌數目太少吧，依然纏著不肯走。於是一直躺著的母親善意地提醒父親：「就把你錢包裡的錢給他們吧。」據說父親的錢包裡大概有五十元錢。等到強盜走後，父親大罵母親：「眞是個多嘴多舌的女人！」

18 日本舊時習俗，婦女出嫁後會把牙齒染黑。

19 一種用銅或馬口鐵做的吊鐘形燈具，燈內的蠟燭能始終豎著照明。

發生了這一事件後，家中決定採取剖開柱子藏匿現錢的好辦法。但是家中既沒有什麼錢財可藏匿，身著黑色夜行服的強盜也沒有再來，所以在我長大後，簡直不知道哪根柱子是剖開過的。

據說強盜離去時曾誇獎地說：「這家人家眞是門禁森嚴。」第二天之後，可以見到那個替強盜指點這門禁森嚴之家的小倉酒館的半兵衛頭上，出現了好幾處擦傷。據說這是因爲他每表示一次「沒有錢」，強盜就嚷著「不可能」，同時用出鞘的刀尖往半兵衛頭上戳戳點點造成的。但是半兵衛始終堅持著不改口，他說道：「我這裡實在是沒有錢。後面姓夏目的人家很有錢，你們可去那裡索取。」他終於一分錢也沒被搶。

這些情況，我是從妻子那兒聽來的，妻子又是聽我的哥哥在閒聊時說到的。

十五

去年十一月，我在學習院演講[20]過之後，收到了一個寫有「薄酬」字樣的紙包，紙包外紮有漂亮的紙繩。

我解開紙包一看，裡面是兩張五元的鈔票。我本想把這錢寄贈給我的熟人——一位平素頗窘困的藝術家，便靜靜地盼他到來。但在這位藝術家沒到來之先，由於某種捐助上的需要，我把這兩張鈔票花去了。

一言蔽之，這錢對我絕不會是無用的。按世俗的看法，無不認爲這錢是漂漂亮亮地用在我的身上了。但是，從我竟然想把它送人這一主觀思想來看，足見這錢斷斷不是什麼彌足珍貴的東西。坦率地說，比起接受這種謝禮來，倒是不接受更叫我感到暢快。

在畔柳芥舟君[21]爲樗牛會[22]的演講事宜而來的時候，我引出了這一話題，並談了一通理由：

「我那次並不是去出賣勞力的。我誠心誠意地應命演講，對方也只需

20 指一九一四年十一月二十五日，題為〈我的個人主義〉的演講。
21 指畔柳都太郎（1871-1923），夏目漱石在第一高等學校任教時的同事。
22 評論家高山樗牛（1871-1902）死後，由姉崎嘲風、笹川臨風、畔柳芥舟等人在一九〇三年十二月發起的團體，常舉辦一些學術性的座談會。

以領情相報就行了。如若事先考慮到付報酬的話，應該一開始就來說清楚具體的數目，徵得我的同意，你說是不是？」

這時K君顯出一副「不能同意」的神情，他這麼回答我：

「不過，該怎麼說呢？這十元錢並非意味著買了你的勞力，也可以看作是一種向你致謝的手段呀。不能這麼認爲嗎？」

「如果是具體的物品，也可以斷然作此解釋。但是很不幸，這謝禮乃是日常買賣東西時使用的鈔票，所以，哪一種解釋都講得通的。」

「既然都講得通，我看你現在還是選擇一個與人爲善的解釋爲好，你說是不是？」

我也覺得他說得很有道理，但我回答說：

「你當然知道，我是靠賣文爲生的，所以談不上什麼富裕。但我好歹是借此過到了今天。所以，凡是不屬於我職業範圍之內的事，我總是想盡我的力量替人做點好事。對方若因此而理解了我的誠意，乃是給了我至尊無比的報酬。而我收受了金錢什麼的，我會覺得那替人做點好事的可貴餘地——眼下，我的這種餘地已經非常狹窄——受到了侵蝕。」

K君聽後，還是顯出不能苟同的樣子。我也窮追不放：

「要是去請岩崎或三井那樣的百萬富翁演講，事畢後會送十元錢去呢，還是登門致謝一下就算了呢？我想，恐怕不會送錢去的吧？」

「唔。」K君就說了這一個字，沒有明確的回答。我卻還有此言猶未盡：

「也許是我夜郎自大了。儘管我和三井、岩崎不可同日而語，但我自信，我肯定比普通的學生有錢得多。」

「這當然毫無疑問。」K君表示首肯。

「要是給岩崎或三井送十元錢的報酬是有失體統的話，那麼，給我這兒送十元錢的報酬也應該是有失體統的吧？如若這十元錢會給我的物質生活帶來巨大的裨益，那是應該從另外的意義上來看這個問題的，但我現在甚至要把它送給別人——可見這十元錢對我眼下的經濟生活來說，幾乎沒有什麼明顯的影響。」

「容我好好想想。」K君說過這話後，嘻嘻笑著回去了。

十六

順著屋前的緩坡下行，是一條一間寬的小河，河上架著橋，在河對岸的左側，有一家小小的理髮鋪，我曾在這家鋪子裡理過一次髮。

理髮鋪平時總掛著細白布的窗簾，從馬路上看不到玻璃窗內的情況，因此，在我踏進鋪子的土間[23]、坐到鏡子前的座位上之前，根本不知道理髮鋪的老闆是什麼樣子。

老闆見我走進鋪子，立即把手中的報紙一丟，向我致意。這時候，我簡直敢肯定：我在什麼地方見過他。所以，我等到他轉到我身後，喀嚓喀嚓響起剪刀聲開始理髮的時候，便搭訕著作了試探。果然不出所料，我獲悉：他從前曾在寺町的郵局旁開過鋪子，他那時同現在一樣，也是以替人理髮爲生。

「我曾受到高田老爺[24]的很大照顧。」

我聽了大吃一驚，因爲這個高田乃是我的姐夫。

「哦，你認識高田？」

「豈只是認識！他一直帶著誇讚的口氣叫我『阿德、阿德』呢。」像他這樣的手藝人，能有這樣的談吐，毋寧說是很知禮的了。

「高田也去世了。」我說。

「啊？」他非常吃驚，抬高了聲音，「眞是一位令人尊敬的老爺哪。太可惜了。他是什麼時候去世的？」

「唔，沒多久呢。大概兩個星期之前吧。」

於是，他向我談起了種種有關我這位已故姐夫的往事。在結束的時候，他說道：「先生，想起來，日子也過得眞快哪。我只覺得這些都是昨天的事，想不到竟然將近三十年了。」

「哦，那時候是住在求友亭[25]的巷子裡哪……。」老闆補充道。

「嗯，是間兩層樓的房子吧。」

「對，是兩層樓的房子。搬去住的時候，來祝賀的人多得數不清，熱

23 指門內沒有鋪地板而可以穿著鞋踏入的地方。
24 指高田庄吉，夏目漱石的二姐夫。
25 求友亭是一所高級日式餐館，位於東京舊牛込區通寺町。

鬧極了。你知道後來的情況嗎？我是指遷到行願寺[26]之後的情況……。」

聽了他的詢問，我也答不上來。這些陳年舊事實在隔得太久，我也忘掉了。

「現在，那行願寺內大概有了很大的變化吧。我後來也沒再進去過，因爲沒有什麼事要去辦。」

「什麼變化不變化！喏，現在面目全非了，全是冶遊處。」

我每次走過肴町[27]，總看到那條通往行願寺內、路角有一家襪套鋪子的小路路口處，雜亂無章地掛著許多方形的簷燈。不過，我沒有什麼興趣去數一數共有多少盞燈，所以老闆說的那種情況，我是不曾留意過。

「怪不得呢。從路上是可以看到什麼『誰之袖』[28]的招牌哪。」

「唔，有好多這樣的招牌呢。當然，想想是該有大變化的呀。已經快三十年了嘛。先生你也一定知道的，在那個時候，寺內只有一所冶遊處，叫做『東家』[29]。它恰好位於高田老爺家的正對面吧，那『東家』門口的燈籠就垂在眼前……。」

十七

說起這「東家」，我還記得很清楚。它同姐夫家是門對門，所以兩家就成了這樣的關係：每次出出進進，一旦照面，總互相致意。

當時，我的二哥住在姐夫家，成天東遊西蕩。這位二哥是個放蕩不羈的人，他有一個壞習氣，經常把家中掛著的字畫或刀劍之類的東西偷出去，然後三文不足兩文地賤賣掉。當時，我並不清楚他爲什麼要到姐夫家來混日子，不過現在想來，也許他是闖下了大禍而被趕出家門的。除了這個二哥外，那時還有一個名叫阿庄的人，也無所事事地住在姐夫家，他是我的姨表兄。

他們總是聚集在一起，睡睡躺躺，信口開河地亂說一氣。對面藝妓館

26 行願寺是天臺宗的寺廟，位於東京新宿區神樂坂五丁目（舊牛込區肴町）。
27 今神樂坂五丁目的舊名。
28 典出《古今集》中一首和歌，寫不知誰的袖子拂掉了旅館門前的梅花花瓣，清香撲鼻。當是借喻可狎妓的酒館。
29 可能是指肴町的「吾妻屋」。

的竹格子方窗裡時常會向他們發出「你們好」的招呼聲，而他們像是一心等待著這句話似的，嚷嚷著什麼「請出來一下，這兒有好東西」，招呼藝妓出來。藝妓在白天是多閒暇的，所以三次中會有一次高高興興地應邀出來玩。

我那時候只有十七八歲吧，而且非常怕羞，因此碰巧在場的話，總是一聲不響，默默地退避到一旁去。不過，有一次事出偶然，我也同他們一起去藝妓屋裡玩紙牌。由於賭輸的人必須請客，我吃了不少別人買回來的壽司和點心。

大概過了一個星期吧，我的這位東遊西蕩的哥哥又帶著我去那藝妓屋裡玩，這一次，恰巧那位阿庄也在場，於是談得非常起勁。這時候名叫咲松的年輕藝妓看著我的臉，說道：「再來玩一次紙牌吧。」我穿著小倉30的褲裙，一副拘謹的樣子，而懷裡一分錢也沒有。

「不來，我沒有錢。」

「沒關係的，我有呢。」

她當時好像患了眼疾，說話時總是用漂亮的襯衣袖子揉擦她那微微發紅的雙眼皮。

後來，我在姐夫家聽說「阿作跟著一位體面的客人從良了。」姐夫家提起她時，總喚作「阿作、阿作」，而不稱「咲松」。我聽到這一消息，心裡想：恐怕再也遇不到阿作了。

但是，在過了相當長的時間之後，有一次我同前面談到過的那位達人一起去芝地方山內的勸工廠[31]時，竟在那兒遇見了阿作。我這時已是一身學生裝束；她也變了，是一副貴夫人的模樣，身旁還有一位先生同行……。

理髮鋪老闆說出的「東家」這一藝妓館的名稱時，我眼際立刻浮現出這些埋在我心中的舊事。

「你知道當時住在那兒的阿作嗎？」我問老闆。

「不光是知道，她還是我的侄女呢。」

30 江戶時代豐前國小倉藩（今福岡縣北九州市）所產的布料，以直紋圖樣為特徵。

31 芝在東京港區，此處的勸工廠指增上寺山門對面的東京勸工廠。

「是嗎？」

我大吃一驚。

「那她現在在哪兒呀？」

「老爺，阿作已經去世了哪。」

我又吃了一驚。

「什麼時候的事？」

「什麼時候？已經很久了哪。那年，她二十三歲。」

「哦？」

「而且是死在海參崴的。她的丈夫在外事部門的領事館做事，所以她隨丈夫一起去那裡，去了沒多久就死了。」

我回家後坐在玻璃門內，覺得現在只剩自己和那個理髮鋪的老闆還沒有死。

十八

一位青年女子走進我的會客室後，問道：「我周圍一片亂糟糟，眞不知如何是好，您說該怎麼辦呢？」

我想到她現在客居在一位親戚家中，親戚家很小，又有孩子吵鬧，所以我的回答很乾脆：

「我看你可以去找一家清靜的住處借宿。」

「哦，不，我不是指屋子而言，我是說我的腦子裡亂糟糟的，眞是不知如何是好。」

我意識到我誤解了她的話，但我仍不明白她的意思，便請她說得稍微具體一點。「外界的東西進入我的頭腦中，怎麼也不能同我心裡的中心有機地連在一起。」

「你所說的這心裡的中心究竟是什麼呢？」

「是什麼？是筆直的直線。」

我知道她熱衷於數學。不過，這「心裡的中心是直線」究竟是什麼意思，我當然一點也不懂。而且，所謂「中心」究竟是什麼意思呢？我也弄不清楚。

她這麼對我說：「大凡物體，不是都有一個中心嗎？」

「這當然是指肉眼可以看到、尺度可以衡量的東西而言。心裡面也有形嗎？那就請你把這個所謂中心的東西拿出來給我看看。」

她不置可否，時而望望庭園，時而把兩手在膝上擦擦。

「這所謂的直線，是你的一種比喻吧？如若眞是比喻，那麼說成圓的或方的，不也一樣可以嗎？」

「也許是這麼回事。不過，在形或色無時不變化的過程中，總會有什麼東西始終不變的。」

「如果變化的東西同不變化的東西是兩碼事，那麼心就該有兩部分了，這能行嗎？看來應該認爲：變化的東西就是那肯定不變化的東西。」

我對她這麼說著，把問題又拉回到原來的基點上。「一切外界的東西反映進來，頭腦就能立即秩序井然地將它們歸納得有條不紊的人，恐怕是沒有的。恕我失禮，從你的年齡、受過的教育和學問來看，你尚不可能把事情處理得那麼乾淨俐落。如果不是這種意思，你是想不要憑藉學問的力量而使思想徹底地清淨無垢，那麼你來我這兒肯定是毫無所獲的，那應該到廟裡去才對。」

於是，她望著我的臉，說道：「我第一次拜見先生時，就覺得先生的心在這一方面具備著勝過常人的完善功能。」

「根本沒這麼回事。」

「不過，我是這麼看的。我甚至深信先生連內臟的位置都能調節。」

「要是內臟能如此隨心所欲地調節，我就永遠不會這樣地患病了。」

「我倒是沒有患什麼病。」這時，她突然說到了她自身。

「這就證明你比我偉大。」我也答了一句。

她從坐墊上滑下來，說了聲「請多保重身體」後，回去了。

十九

我的舊居在一個名叫馬場下的町內，得從我現在住的地方再往裡走四五町。馬場下這個町其實只能算個驛站，我從小就覺得它淒涼冷落。本來，所謂馬場下乃是指高田的馬場之下，因此，查考江戶城地圖的話，它也肯定是一個位於紅線[32]上的邊緣地方。

不過，狹小的町內大概有三四所四面爲壁的庫房式房子。順坡路而上，右側的近江屋傳兵衛中藥鋪就是其中之一。而在坡腳處，有一爿門面寬寬的小倉酒店。當然，這酒店不是那種庫房式的房子。不過，這爿酒店頗有來歷，當年堀部安兵衛在高田的馬場打敵人時，曾彎到這兒來用酒升飲過酒。我從小就聽到這種說法，但是始終沒有見過安兵衛銜過而據說是收藏在店裡的酒升，倒是時常聽見店裡的小姐阿北在那裡唱謠曲。那時候我年紀還小，也不懂她唱得是好是壞，只知道走出房子，站在通往大門外的鋪路石上要往街上走去的時候，總能清晰地聽到那裡傳來阿北的歌聲。在春日的午後，我總是神不守舍地憑倚著我家庫房的白牆一動不動，似聞非聞地聽阿北小姐練唱，恍恍惚惚的心魂在明媚的麗色中飄逸。爲此，我不知不覺地記熟了「旅人衣麻衣」[33]之類的唱詞。

此外，町內有一家賣木器工具的鋪子和一家打鐵鋪子。稍往八幡坂方向走走，還有一個蔬菜市場，它圍有一大塊水泥地，上有屋頂。家中的人把市場老闆喚作「批發商仙太郎」。聽說仙太郎同我的父親好歹是遠親關係，但是說到交往，簡直等於零，無非是在路上邂逅時能互道一聲「天氣眞好」而已。我還記得曾聽人講到過這仙太郎老闆的獨生女兒同說書先生貞水是相好，引起轟動一時的新聞，鬧得滿城風雨。不過具體的情況嘛，我現在一點印象也沒有了。對我這個小孩子來說，相比之下，還是這樣的場面有趣得多：仙太郎坐在高臺上，手持筆、墨水匣和帳本，威風凜凜地嚷著「嗨，好東西！XX錢」，臺下是人頭濟濟。接著，會有二三十隻手在臺下一起高高舉起，都朝著仙太郎老闆的方向，像在大罵似的用行話高

32 日本江戶時代的江戶城地圖上繪有區分市內和市外的紅線。

33 這是謠曲〈勸進帳〉的開首第一句唱詞。旅人要穿麻衣，是為了防止竹上的露水弄濕身子。

喊：「六！」「五！」於是，薑啦、茄子啦、南瓜啦，通過他們那一雙雙粗糙多節的手，一一搬運到什麼地方去了。單是看著這番景象，都覺得渾身是勁。

不論在什麼偏僻的鄉村，總能看得到豆腐鋪子。町內的那家豆腐鋪子掛著熏透了油味的繩簾，由門口流去的下水道的流水乾淨得簡直可以流到京都去。順著豆腐鋪子一拐彎，可以看到半町遠的前方有一座不太高的寺門，那是西閑寺。塗成紅色的門後是茂密的竹叢，由於遮得十分嚴實，所以從街上完全看不到門裡面有什麼。不過門內深處早晚傳來的做佛事的撞鐘聲，至今仍在我耳際迴響。尤其是從多霧的秋季至朔風呼嘯的冬季，這西閑寺中傳來的噹噹鐘響聲，像敲打著令我心悲和心寒的東西似的，總使我幼小的心靈感到不勝淒涼。

二十

我朦朧地記得，這爿豆腐鋪子的近鄰是一家說書場。也許是我覺得在這種偏僻的小地方不能有什麼遊樂場所的想法，給我的記憶蒙上了薄薄的輕紗吧，以致每每想起這一情況，總會產生一種奇異的感覺，與此同時，我就會瞪著帶有詫異神情的雙眼，回顧我那遙遠的過去。

這家說書場的老闆是町內的消防隊隊長，時常罩一條藏青色棉布做的肚兜，上身穿一件印有名號的紅條子短褂，腳上趿著草屐之類的鞋子，老是出現在街上。他有一個女兒，名叫阿藤。我還記得家裡人總是把她的姿色掛在嘴邊談論。後來，她招了一個入贅女婿，而這位入贅女婿竟是個蓄有鬍子的漂亮男子，所以我曾經頗爲之吃驚。阿藤也爲得了這麼個不同凡響的入贅女婿而得意揚揚，但是後來一打聽，據說此人是在什麼區政府裡當秘書。

他到她家來當入贅女婿的時候，說書場早已關門，成了歇業戶。而我是在那所房子的簷下還淒寂地掛有微微發黑的招牌時，就經常向母親討了錢來此聽書了。記得說書先生的名字叫南麟[34]。奇怪的是，除了這位南

34 指田邊南麟。

麟，再沒有別人來這個說書場說書。

這位先生的家在哪裡雖然不清楚，但是現在從他彼時到此說書的一路上都有鱗次櫛比的建築這一點來看，無疑不是一般的小戶人家。加之聽客老是十五至二十人，所以再怎麼竭力想像，也覺得是夢境。那段不同尋常的說白——「喂，喂，姐姐……。八橋聞聲，回過頭來問是怎麼回事時，寒閃閃的刀光頓時殺到了眼前……[35]。」——究竟是我當時從南麟那兒聽熟的呢，還是後來從落語家仿效說書先生的段子中聽得的，現在已混淆在一起，記不眞切了。

當時，由我家到名副其實的町裡去的話，必須通過不見人煙的茶樹林、竹林以及長長的田間小路。眞要買點什麼東西的話，照例要到神樂坂才行。爲此，我經常在這些地方進進出出，早已習慣，當然不感到怎麼煩難了。不過，走上矢來坂、通過酒井家的消防瞭望樓而進入往寺町去的那條長五六町的羊腸小徑時，眼前始終十分昏暗，天空灰翳，即使在白天也是陰森森的。

土堤上的大樹足有兩三抱粗，一字排開，樹與樹之間是高大的竹叢，所以簡直可說是整天不見天日。若想到平坦地區去而穿著晴天用的短齒木屐出發的話，肯定會寸步難行而倒大楣。那裡的霜融化時，比下雨飄雪還要可怕，我對這一點有很深的印象。

看來，在如此偏僻不便的地方也有火災的危險存在，所以在町內的拐角上豎有高高的消防梯，上面也照舊吊著舊的報警鐘。這些情景歷歷在目，使我時常緬懷起往昔。位於報警鐘下面的小飯館會自然而然地在我眼前浮現出來；醬油燉肉的熱氣和香味會攙同煙氣，一起從繩簾的空隙中飄逸到街上來，融入黃昏時分的暮靄中。這其中的情趣，令我永遠難忘。子規還沒下世時，我曾經作過這樣的詩句：「冬樹高聳傍半鐘。」就是爲紀念那報警鐘而作的。

---

35 由江戶時代佐野次郎衛門殺死吉原的藝妓八橋的事件改寫而成，為歌舞伎和說書的演目。

二十一

我記得我家的環境反正是充溢著這種鄉土氣息的，並有一種輕微的寒磣氣味還留在我記憶中的什麼地方。所以，當我不久前聽至今健在的哥哥談及家中幾位姐姐彼時去看戲的情形，頗感吃驚，難道家中從前有過那樣體面的日子？想到這一點，我只覺得自己像在做夢。

那時候，戲館都集中在猿若町一帶[36]。在電車、汽車都沒有的年代裡，從高田的馬場下出發，要在早晨趕到淺草的觀音寺，並不是一件易事。她們都得半夜起來做好準備。由於路上不太平，爲了做到有備無患，據說一定要帶一個男僕同行。

她們從築土下行，由柿木横丁往揚場去，坐上早已向船主定好的帶篷的船。我可以想像得出她們是如何懷著熱望、悠哉遊哉地從炮兵工廠[37]通過御茶水而不停地划至柳橋，而且，她們的行程絕不可能到此結束。所以回想起昔日那些不受時間限制的情景，尤其令我神往。

據說船進入隅田川，逆水而行通過吾妻橋，讓人由淺草的雷門渡到對岸，到達今戶的有明樓附近。她們在此上岸，行至戲館前的茶室，然後進入戲館，總算在特設席上就座了。所謂特設席，就是指比一般座位略高一些的觀眾席。這是一個可以使她們的衣著、容貌、髮飾容易惹人注目的好地方，所以愛時髦的觀眾都競相爭搶這塊席位。

幕間時分，演員身旁的隨從前來引路，邀她們去後臺玩。於是她們跟在這個上身穿有花紋的縐綢衣服、下身穿褲裙的隨從後面，進入田之助[38]或訥升[39]等受她們崇拜的演員的屋裡，請他們在扇子上作畫什麼的，然後出來。她們是以此爲榮的。而這些榮耀當然得用金錢才能買到手。

回去時，她們乘上原來的船，由原路划至揚場。男僕說著「失迎了」，又點起燈籠來迎候。若用現在的鐘點來衡量到達家中的時間，大概是零點左右。所以說，她們要半夜出發、半夜回家，才能夠看一次戲。

---

36 在今東京台東區淺草。天保改革時，江戶城內的戲館集中在這一帶。
37 關東大地震之前的兵器工廠，在現今的後樂園球場一帶。
38 澤村田之助（1845-1878），歌舞伎演員。
39 澤村訥升（1838-1886），歌舞伎演員。

我聽到這麼奢華的軼事，簡直懷疑這是不是真的發生在我家裡。我總覺得這是在講述某地富賈人家的歷史。

當然，我家並不是什麼了不起的大戶人家，無非是不得不擔任著體面的行政區代表之類的鄉鎮士紳階層。據我所知，我的父親是一個禿頂的老頭子，據說他年輕時曾學過一中節[40]，還給相好的藝妓送過足夠堆摞的縐綢被褥[41]。家中有田地在青山，聽說由這些田地裡收得的單米一項，就足夠家中人吃飽。聽現今仍健在的三哥說，當時終日可聞椿米聲。我記得，那時町裡的人們都把我家呼作「正門[42]、正門」。當時我不理解這是什麼意思，現在想想，也許是這種設有威嚴的正門，正門下又有鋪板[43]的房子，在町內只有我們這一家。踏著鋪板走上來，是掛有突棒、鉤竿、刺叉[44]以及陳舊的馬上燈籠[45]的地方——這些舊時景象，我至今仍記憶猶新。

二十一

這兩三年來，我平均每年要病一場，而躺倒在床之後，大概要耗去一個月的時間，才能下床。

至於我這個病嘛，反正離不了胃不舒服，因此弄得不好的話，除了絕食療法別無他途。這不光是因爲醫生吩咐要這麼做，而是病情本身就使我不得不這麼絕食。所以在發病到漸次恢復健康的那段時期，我的身體羸瘦不堪，可謂弱不禁風。而前後竟要一個多月的時間，看來主要也是這種衰弱造成的。

當我起居自如後，不時會有帶著黑框框的印刷品放到我的桌上來。我像個在命運面前只好啼笑皆非的人似的，戴著禮帽出席葬儀，驅車趕往追悼場所。死者中雖然不乏老先生、老太太，但也夾雜著比我年輕、平時總

40 說唱曲藝淨琉璃的一種。
41 這是吉原等冶遊處的一種習俗，客人向相好的藝妓贈送新的被褥，並堆積在店頭。
42 原文是「玄關」。在江戶時代，只有管理行政的鄉紳家才可建造。
43 原文是「式台」。指正門口迎送客人的地方，設有鋪板，比正門口低下一級。
44 這是江戶時代捕犯人用的三種兵器。
45 一種長柄燈籠，騎在馬上時可插在腰間。

以壯實自詡的人。

回到家中，在桌子前坐下，覺得人的生死眞是不可思議。我覺得奇怪：多病如我，怎麼還活著？我思索著：那個人爲什麼要比我先死呢？

就我的情況來說，沉溺於這種默想毋寧說是必然的。不過，作爲一個忘卻了自己的地位、身體、才能等一切涉及自身存在的人，我又時常在「我沒有死是理所當然的事」中度過。甚至在念經或焚香的時刻，我也時常會覺得「我這個形骸在升天的死者走後還留在世上，這一點兒沒什麼可奇怪的。」

有人曾對我說過這樣的話：「我覺得別人的死似乎是當然的事，唯有自己的死是不可想像的。」我曾向一位上過戰場的人發出過這樣的詢問：「你看到隊裡的人那麼接二連三地死去，心裡可仍會認爲唯有自己是不會死的嗎？」他答道：「是的，大概沒死之前，總以爲自己不會死的吧。」後來，有一位大學裡理科方面的人問及乘飛機的問題，我記得我倆之間有過這樣的一段問答——

「要是經常那麼失事、死人的話，後來乘飛機的人要感到寒心了吧。他們會覺得這一次大概要輪到我了。難道不是這樣嗎？」

「然而看來並非如此。」

「爲什麼？」

「爲什麼？我看很可能是出現完全相反的心理狀態呢。當事人反而會認爲：既然別人已墜機喪命，那麼我該沒有什麼危險了。」

我大概受了此人的影響，也顯得泰然多了。應該說，這一說法也有其道理，因爲在沒有死之前，誰都是活著的。

奇怪的是，在我臥病在床的時候，幾乎沒有帶黑框框的通知送來。去年秋季，也是在病痊癒後，就去參加了三、四場葬儀。這三、四個人中，有一位就是社裡的佐藤君。我不禁回想起在一次宴席上，佐藤君手持社裡的銀酒杯向我敬酒的事。他當時跳的那種怪舞，我至今還記得很清楚。我去參加了這位精力何等充沛的人的葬儀，不禁老是在想：他死了，我還活著，這並沒有什麼不可思議的。不過有時候想想，心裡也要滋生出一種

「自己還活在世上好像是不自然的」的情緒。進而懷疑，會不會是命運在故意作弄我？

二十三

在我現在的居處附近，有一個名叫喜久井町的小鎮。我是在那裡出生的，所以要比別人更熟悉一些。但是在我離家四處飄泊過後回來時，這喜久井町有了頗大的發展，無形中已延伸至根來了。

也許是因為我從小就聽熟了的緣故吧，這個同我頗有因緣的町名一點兒也不能誘發我緬懷往日的情思。不過，當我以手支頤在書房裡獨坐，讓心像順流而下的船似的自由飄悠時，便時常聯想到喜久井町這四個字，並會因此而低徊起來。

在東京尚稱江戶的時候，看來並沒有這麼個町。至少可以肯定，它是在我的父親手中誕生的，但具體的年代已不可考，也許是在江戶改稱東京的時候，也許還要晚一些。

我聽說，由於我家的家徽是井字形花紋上繪著菊花，因此就以菊花加井來命名這個町，遂成了喜久井町[46]。我記不清這是聽父親說的呢，還是別人告訴我的，反正這一講法至今仍留在我的耳際。在地方行政首腦死去之後，父親一時成了一區之長，所以父親可能有這種職權上的自由。不過現在再來看父親的這種驕矜的虛榮心，我心裡的不快情緒早已不知去向，只想報以微笑了。

父親還以自己的姓「夏目」來命名一條由我家門前往南時非登不可的長長坡路。可惜它不像喜久井町那麼有名，只是一條尋常的坡路而已。但是不久前，有人按圖索驥地來這一帶調查地名，說是有一道夏目坡。據此推測，父親當年起的這個名稱也許至今還沒有湮滅。

回到早稻田居住，是在我離開東京好幾年之後的事了。我在移居現在的住處之前，也不知是爲了找房子呢還是因爲遠足回來順路的關係，偶然走到了闊別已久的舊居附近。其時，我從大門外看到了二樓的舊瓦，遂知

46 在日語裡，「菊」的發音同「喜久」一樣。

道舊居還存在著。那次我就這麼走過去了。

移居早稻田之後，我再次從舊居的大門前走過。由門外看去，總覺得舊居依然沒有什麼變化，不過門上倒是掛有我始料不及的「旅社」招牌。我想看看昔日的早稻田田園，卻早已變爲市鎮了。我想看一眼根來的茶林和竹叢，卻到處找也找不到它們的痕跡，我只好估計大概是在哪兒了，至於估計得對不對，那就實在不得而知了。

我茫然地佇立著，心裡在想：爲什麼只有我的老家還像陳舊的殘骸那樣存在著呢？我亟望它能夠儘快崩潰。

「時間」是有力量的東西。去年我往高田方向散步時，無意中順路從那兒走過，看到老家被拆除得乾乾淨淨，這一地點正在蓋建新的旅社，旁邊還建造了當鋪，當鋪前設置了疏籬，裡面栽了一些庭樹。三棵松樹被剪得面目全非，簡直像畸形兒一樣。但是我總覺得好像在哪裡見過它們，心裡在想：從前作過的那句詩——「松影三株，參差月夜下」，也許就是描寫這松樹的吧。我就這麼一路想著，回到了家中。

二十四

「在這種地方長大，好歹也太太平平地過來了。」

「啊，好歹是太太平平地過來了。」

我們所用的這個「太太平平」一詞，意思是說沒有滋生出男女之間的那種戀情，也就是說，這是指戀情的反面。但是，我這個人愛盤根問底，這麼一句簡單的答話是無法滿足的。

「人們常說，在點心鋪做事，即使非常愛吃甜食的人也會對點心感到膩味的。秋分時節在家中看看室外的胡枝子不就明白了？眼睛所見全是胡枝子，這就不免令人臉露煩膩的神色了。你的情況也該屬於這一類吧？」

「好像不盡如此。總而言之，我在二十歲以前是並不在意的。」

從這一意義上來說，他是個出色的男子。

「即使你不在意，對方也不一定會完全不在乎吧。在這樣的情況下，對方一定要來約你，這也是理所當然的事。」

「現在回頭想想，時常會有所醒悟——難怪她當時會那麼說那麼做，原來是有所指的呀！」

「這麼說來，你當時完全沒有留意到？」

「嗯，是的。後來我也留意到了，但是我的心無論如何不能被對方拉過去呀。」

我想，話大概是談到這裡爲止了。我倆面前放著新年的餐盤，來客滴酒不飲，我也幾乎沒碰一下酒杯，所以完全不需要敬酒交杯。

「你就是這麼生活過來的囉？」我抽著煙，叮問了一句。

來客突然對我說出這樣一番話來：「早在我給人當雇工的時候，就同一個女人來往了兩年。當然，她不是什麼良家女子。不過她現在也已經去世了，是上吊死的，當時才十九歲。我有十天沒有看到她，她竟就離開了人世。她侍候著兩個老爺。這兩個老爺意氣用事，爭著要出錢贖她出來，兩人去籠絡年老的藝妓，要脅著讓女子歸屬自己而不許跟對方走……」

「你沒有去搭救她嗎？」

「我當時是個乳臭未乾的小學徒，無論怎麼也行不通的呀。」

「但是這位藝妓爲你而死了，是不是？」

「這……也許是因爲她不能同時歸屬兩個老爺……。不過，我同她之間確實約定過無論如何也不變心。」

「可見，也許是你間接地要了她的命呢。」

「也許是這麼回事吧。」

「你晚上睡不好覺了吧？」

「睡得很不好。」

元旦這天，我的會客室賓客不斷，第二天卻靜得近乎寂寞了。我就是在這寂寞的新春期間，聽著這位來賀年的客人講述這一令人不勝同情的故事。來客是一個認眞樸實的人，所以措辭是樸素明瞭的。

二十五

這不是我住在千駄木時候的事情，所以已有相當的年數，可算是頗遠的舊事了。

一天，我往切通方向散步回來，沒有走本鄉四丁目轉角這條路，而是從眼前另一條小路向北彎去。當時，在這個轉角上有一家牛肉鋪子，鋪子旁邊一直掛著塊曲藝場的招牌。

那天下著雨，我當然打著雨傘，這是一把八根骨子的綠褐色大布傘，傘頂處漏下來的水滴順著木傘柄，自然而然地漸漸濡濕了我的手。這條小路上的行人很少，雨水彷彿把泥土全部沖刷掉了似的，屐齒上幾乎沾不到什麼汙物。然而仰頭望望，一片灰暗；俯首看看，淒寂寒磣。也許是因爲經常走的關係吧，周圍的任何東西都熟視無睹了。我的心情同這天氣及周圍的氣氛很諧調。我總感到胸中積淤著一塊令我不快的、腐蝕著我的心的東西。我帶著鬱悒的神情，在雨中茫然地走著。

我來到日蔭町的曲藝場前，忽然遇上一輛帶篷的人力車。我同人力車之間沒有任何阻隔，所以遠遠望去就知道車中坐著一個女人。當時還沒有賽璐珞之類的車窗，因此我從遠處就能望見車上女子那白皙的臉。

我覺得這張白皙的臉非常美麗。我在雨中走著，兩眼盯著她的身影，不覺出了神。與此同時，猜測她是個藝妓的想法，像是得到了肯定似的，在我心中發生了影響。當車子行至距我一間的時候，我忽然看到車中的美人向我禮貌地致意。在看到這伴著微笑向我打招呼的人的同時，我才發覺對方是大塚楠緒[47]。

大概是過了好幾天之後吧，我又同她見面了。楠緒對我說：「那天失禮了。」

我聽後，便直言道：「說實在的，我還以爲是何處的美人，覺得大概是一位藝妓呢。」

楠緒當時是怎麼回答的，我記得不眞切了，不過她確實一點兒也沒有因此而臉紅，後來也沒有不愉快的神情。我想，她大概是全盤接受我的話了。

過了相當長一段時間後，一天，楠緒特意到早稻田來找我。不過很不巧，我當時正在同妻子吵架，一臉怒氣地坐在書房裡沒有動。

47 大塚楠緒（1875-1910），日本小說家、詩人，是夏目漱石的朋友大塚保治的夫人。

楠緒同我妻子談了十分鐘左右便回去了。

這天就這麼過去了，但不久，我就去西片町向她致歉。

「那天正好在吵架，我妻子也一定沒有好臉色吧。我覺得滿臉不樂地出現在你面前，實在有失體統，所以有意回避了。」

至於楠緒聽後是怎麼回答的，由於時隔太久，我現在即便竭力追憶也沒法從記憶深處挖掘出來了。

接到楠緒去世的訃聞當是在我患腸胃病住院的時候。我還記得有電話來徵求我的意見，問可否在治喪公告中刊登我的名字。我在醫院裡爲悼念楠緒而作了首挽俳：「投菊棺槨中，其數何其多。」後來，有一個俳句愛好者酷愛這首俳句，特意來央求我爲他寫到詩箋上去——這事距今也有很久了。

二十六

我不明白阿益何以會落魄到如此地步，畢竟，我認識的這個阿益是個郵差。阿益的弟弟阿庄也蕩盡了家產，到我這兒來寄居，當了名食客，不過社會地位要比阿益高。阿庄總是這麼說：「我小時候在本町的『溺屋』當學徒時，橫濱的洋人很喜歡我，要帶我到外國去，但我拒絕了。現在想來，眞是可惜呀。」

說來，這兩個人都該是我的姨表兄，所以阿益爲了看看兄弟，也爲了向我父親表示敬意，大概每月要到牛込深處的我家走一次，來時總帶著成袋的薄脆餅之類的簡單禮品。

阿益當時好像住在芝的郊外或品川一帶。他一個人過著無牽無掛的日子，所以每次來到我家，總要住個幾天。偶爾打算立即回去，我的幾個哥哥便圍上來威脅說：「你走走看！」

當時，我的二哥和三哥還在南校[48]求學。這南校的位置就在現在的高等商業學校，由南校畢業後，就有入開成學校[49]即今日的大學的資格了。

---

48 江戶幕府創立的洋學堂，原名開成所，一八六九年改大學南校，一八七一年改稱南校。
49 開成學校於一八七七年與東京醫學院合併為東京大學。

兩個哥哥一到晚上，便在玄關處擺好桐木桌子，預習第二天的功課。當時所謂的預習，同現在諸學子的做法不大一樣，要把古德里奇[50]所著的什麼《英國史》逐章逐節地讀過，並把書面朝下地合在桌子上，口裡背誦方才讀過的章節。

這種預習完事後，會漸漸覺得很需要阿益了。阿庄也會在不知不覺中出現在眼前。我的大哥心情好的時候，也會特意從裡面走到正門處來。接著大家一齊開始逗弄阿益。

「阿益，你也給洋人送過信的吧？」

「那是我的差事，不樂意也得做，當然送過的。」

「阿益，你也能講英語嗎？」

「要是會講英語，我也不用那樣打手勢啦。」

「但是送信時你非得大聲喊叫什麼『有信』之類的話吧？」

「這個嘛，用日語就行了。因爲外國人現在懂日語。」

「呵——那麼對方也說些什麼的吧。」

「當然說的。那位叫什麼貝羅利的夫人就用日語向我道謝：『太感謝您了』。」

大家把阿益逗到這一地步，都忍俊不禁了。接著又屢屢重複問他：「阿益，那位夫人是怎麼說的？」想讓這一令人發噱的話題經久不衰。阿益最後也苦笑起來，不再重複那句「太感謝您了」。於是有人提出：「阿益，那麼你講講『原野孤杉』吧。」

「我會講也不能這樣說講就講呀。」

「唔，那有什麼不行呢？你就講講吧……。終究來到原野孤杉處……。」

阿益依然嘻嘻笑著，沒有講。我終於沒能聽到阿益講「原野孤杉」。現在看來，那大概是什麼說書節目或言情故事中的一節吧。

50 即薩繆爾・格裡斯沃爾德・古德里奇（Samuel Griswold Goodrich, 1793-1860），美國作家，以筆名彼特・派列發表地理、歷史、傳記、科學等方面的少年兒童讀物。所著《世界史》是明治時代的日本學生的普及讀物。

我長大成人後，沒見阿益再到我們家來過，恐怕是死了，要是還活著，總該有什麼消息的。不過，要真是死了，我也不知道他是什麼時候過世的。

二十七

我對戲劇這玩意兒沒多大興趣，對舊劇[51]尤感莫名其妙。這大概是由於我不瞭解演藝在發展進化的歷史過程中所形成的一些陳規，因此我對舞臺演出上所展開的特定世界就缺乏產生共鳴的能力了。但不光是如此。我看舊劇時，感到最可怪的現象就是演員既自然又不自然地在臺上晃晃蕩蕩地走步，那會惹起我那種坐不像坐、站不像站的不寧情緒，這恐怕是我不愛好此行的癥結所在吧。

但當舞臺上出現孩子之類的角色，以高八度的嗓音演出令人憐憫的故事時，連我也會不知不覺地眼淚汪汪了。於是我隨即後悔不已：啊，我受騙了！我想，我怎麼會如此輕易地落淚呢？

「不管怎麼說，想到是受騙而淌淚，我心裡就很不快。」我對某人這麼說。對方是一位愛好戲劇的人，他提醒我：「那恐怕才是先生的正常面目吧。而平時故作矜持，忍淚不彈，這不反而是你的矯情的表現嗎？」

我聽後不能接受，便從各個方面來論說，想使對方首肯，談著談著，話題不知不覺轉移到繪畫方面去了。對方談到他非常喜愛不久前作為參考品在美術協會展出的皇室珍品——若沖[52]的畫，而他寫的有關評論文章將在某雜誌上刊出。我對那畫有雞的圖很不感興趣，為此，兩個人又發生了性質與戲劇問題類似的爭論。

「你根本沒有資格論畫。」我終於很不客氣地罵他了。於是，這句話導致他談了一番藝術一元論的觀點。簡言之，他的主張無非是這樣的邏輯：一切藝術產生於同一源泉，所以一旦理解了其中的一種，其他當然能自通了。在座者確有不少人是同意他的觀點的。

---

51 這裡指歌舞伎，相對而言，新劇是指話劇。

52 伊藤若沖（1716-1800），日本江戶中期的畫家。這裡的珍品指他畫的〈群雞圖〉。

「那麼，會寫小說的人，柔道自然也會高明囉？」我半開玩笑地說。

「柔道並不是藝術呀！」對方笑著答道。

藝術不是由同一等第起步發展的，唔，即使是起步於同一等第，一旦進入非同一等第時就有所建樹了，所以追本溯源去看問題的話，繪畫、雕刻和文章就完全歸於無了。當然，它們也許會有某種共同點，但是，即使有共同點存在，也沒有任何現實意義，因爲不可能找出彼此互通的具體東西。

這是我當時所持的論點，而這種論點是很不全面的。我本可以進一步採集對方的論點，從容不迫地作出更周全的剖析。

然而，當時有一個在座者突然引用了我的論點駁難對方，因此我也懶得費口舌，便聽其自然了。不過，這位代替我講話的人很可能是喝醉了，只聽他不住地辨析藝術是怎麼回事，文藝是怎麼回事，多爲隔靴搔癢，連措辭都帶著點醉態。先前覺得事情頗有趣而爲之解頤的人們，這時也終於默不作聲了。

「好，我們絕交。」醉漢最後說出了這一類的話。我提醒他：「若要絕交，請到外面去交涉，在這兒可不好辦哪。」

「行，那就出去絕交吧，怎麼樣？」醉漢徵求對方的意見，但是我的那位對手沒有動，於是事情就這麼不了了之。

以上是今年元旦發生的事情。這醉漢後來還時常來我這兒，不過他絕口沒提那次吵架的事。

二十八

某人看到我家的貓，問我：「這貓是第幾代啦？」我脫口而出答道：「是第二代。」但是後來一想，第二代已經過去了，這隻貓應該是第三代才對。

第一代的那隻貓雖然沒有定居下來，但從某種意義上來說，可謂相當有名了。與之相反，第二代的貓竟是那麼短命，連主人都把牠忘卻了。我不清楚牠是由誰、從哪兒弄來的，但我現在還記得，當時牠嬌小玲瓏，可以抓起來放在手掌上，還會順著我的胳膊爬來爬去。不料有一天早晨，僕人拾掇床鋪時不愼把這隻可憐的小動物踩死了。當時聽得「咕——」的一聲呻吟，便立即把牠從被褥下拖出來，想方設法進行搶救，但已經不濟事了。過了一兩天，牠終於死了。接下來，才輪到現在這隻渾身烏黑的貓。

對於這隻黑貓，我談不上喜歡也談不上討厭。牠也只是在家中東遊西蕩，從來沒有表現出要特意靠近我親暱一番的樣子。

有一次，牠爬到廚房中的櫃子上，掉進了鍋裡。這鍋裡盛滿了痲油，所以牠全身像塗上了一層髮蠟，變得油亮油亮的。牠這油光光的身體睡到我的稿紙上，油分滲透紙背，使我倒了大楣。

去年，在我病倒的前夕，牠突然得了皮膚病，臉部至額部的毫毛漸漸脫落。牠用爪子不住地撓，臉上的瘡痂簌簌往下掉，露出紅色肉痕。一天吃晚飯時，我看到牠這副邋遢的樣子，不禁臉露慍色了。

「啊，這瘡痂飛落下來，萬一傳染給孩子怎麼辦！我看，應該趁早把牠送到醫院去治療。」

我嘴上對外人這麼說，心裡卻在想：看來這病不輕，恐怕難以治好。

我從前認識一個洋人，他從一位伯爵處得來一條好狗，鍾愛異常，但是不知怎麼搞的，這狗患了這種皮膚病，備受折磨，他見狀不勝憐憫，遂央求醫生把狗殺死。這件事，我至今還記得很清楚。

「施以哥羅芳等藥物把牠殺死，這反而能使牠有幸解脫痛苦吧。」

這句話，我重複說過三四次，不料貓的病情不曾被我言中，我自己卻一下子病倒了。在這段時期裡，我始終沒能看到牠。也許是因爲我被自身的病情所纏吧，已無暇慮及牠的病了。

進入十月份，我總算能起床了。於是，我照例去看那隻黑貓。說來眞不可思議，牠那又醜又紅的皮膚上已長出了早先的那種黑毛。

「喲，皮膚病像是好了嘛。」

我一直注視著牠，由於大病初癒，我的眼神是虛弱無力的。隨著我的健康漸漸復原，牠身上的毛也日益變濃了。在毛色完全恢復正常時，牠比以前豐滿了。

我試著把自己的患病過程同牠的患病過程作了比較，總感到其中潛伏著某種因緣。但我隨即又覺得太荒唐，不禁微微發笑了。貓呢，牠只知「咪嗚、咪嗚」地叫，所以我根本不明白牠是抱著什麼心情。

二十九

我是父母親在進入暮年時生下來的所謂「么子」。母親生我的時候曾說過什麼「年紀這麼大了還懷孕，眞是難爲情」之類的話，至今還有人屢屢提起。

看來不光是因爲這層原因，反正在我出生後不久，我的雙親就把我送到鄉下去了。當然，我的記憶裡根本不存在這麼一個「鄉下」的影子。長大成人後，經過詢問才知道，當時鄉下似乎是有那麼一對靠買賣舊器具爲生的貧苦夫婦。

這夫婦倆把我同器具店的廢舊貨一起，擱在小小的筐籮中，每晚在四谷大街的夜攤上擺出來。有一天晚上，我的姐姐因事順便從夜攤路過時發現了我，看來她是可憐我吧，把我抱在懷裡帶回家去了。據說當天夜晚我怎麼也睡不著，整整哭鬧了一夜，姐姐爲此受到了父親的嚴厲訓斥。

我不清楚我是在什麼時候從鄉下被領回家的，但不久又被送到某人家當了養子[53]。我記得這好像是我四歲時的事情。我在那裡長至八九歲，開始懂事了，這時養父家發生了不尋常的糾紛[54]，於是我再次回到了自己家中。

從淺草移居牛込，我並沒有感到自己是回到了家中，而依舊把自己的雙親當成了我的祖父母。於是，我照舊極其自然地稱他倆「爺爺、奶奶」。他倆大概覺得一下子改正往日的習慣很彆扭吧，所以聽我那麼稱呼也沒有什麼不愉快的表現。

我不像一般的「么子」那樣深得雙親的鍾愛。這是多種原因造成的，可能是因爲我生性倔強，也可能是因爲我長久遠離雙親的緣故。反正我至今還有這樣的印象：父親對待我的態度，簡直可說苛刻。不過，也不知爲什麼，當時從淺草移居牛込的時候，我是非常高興的。而我的這種喜悅之

53 這是指夏目漱石在一八六八年當了鹽原昌之助的養子的事。
54 指一八七四年，夏目漱石的養父有外遇一事。

情表現得極為明顯，誰都能一眼看出來。

我那時真糊塗，一直把自己的親生父母當作了祖父母，莫名其妙地生活著。問我具體有多久，我可實在無法回答。不過有天夜裡，發生了這樣一件事——

我一個人在房間裡睡覺，聽得枕旁有人接連不斷地輕輕叫著我的名字。我驚醒，但見四周一片漆黑，所以頗難判斷是誰蹲在我床邊。我當時還是個孩子，便靜聽對方說些什麼。聽著聽著，我聽出對方是家中的女僕。這女僕在黑暗中對我耳語似的說道：

「你心目中的爺爺、奶奶，其實是你的親生父母呀。先前，我曾聽得兩個人在私下議論：『很可能是因為這個關係在作祟，他才如此喜歡我們這個家的呀，真是奇妙哪！』所以我偷偷地來告訴你。你千萬別對任何人講呀，明白嗎？」

當時，我只答了句：「我絕不對人說。」但我心裡感到高興極了。不過這種喜悅並不是出於有人把事實真相告訴了我，而僅僅是出於女僕對我如此親切。不可思議的是，我把這位使我感到異常喜悅的女僕的名字和面貌都忘卻了。所記得的，就是她的那種親熱味兒。

三十

我在書房裡這麼坐著時，來客見了多半會問：「病已經完全好了嗎？」我屢次聽到這同樣的詢問，又屢次不知如何回答才好。最後，我只好老是反反複複這麼作答：「唔，好歹還活著。」這句話不啻成了我的變相寒暄用語了。

好歹還活著——我有很長一段時間老是把這句話掛在嘴邊。不過，每次使用這句話時，我總覺得有些不穩妥，自己也很想不再這麼說，但是思索了一番，實在很難找到可以用來表明我的健康狀況的適當辭彙。

一天，T君光臨。我談起此事，說道：「我既不想說病好了，也不想說病沒好，不知該怎麼作答。」

T君聽後，立即這麼答覆我：「那就別說病好了。唔，你不說常常復發嗎？那應該舊病還在繼續吧。」

聽到這繼續一詞，我感到獲益匪淺。此後，我不再說什麼「好歹還活著」，而改說成「病還在繼續」。碰到需對這「繼續」作一番注解時，免不了要引「歐洲大戰」爲例。

「我同病魔的戰爭，就好比是德國人同聯盟軍的戰爭。今天我同你這樣相對而坐，並不意味著天下太平了，所以得進入戰壕，密切監視病情的發展。我的身體就好比是亂世，說不定什麼時候就會發生什麼變亂了。」

有人聽了我的說明後，感到很有趣而哈哈大笑，有人則默不作聲，還有人顯出了憐憫的神情。

客人回去後，我又想到了這樣的情況：在「繼續」的東西，恐怕不光是我的病吧。聽了我的舉例說明，覺得這是說笑而笑的人，不解其意而默不作聲的人，被同情感所驅使而感到憐憫的人——在這些人的內心深處，難道沒有什麼我不瞭解、連他們本人也沒覺察到的「繼續物」嗎？一旦這「繼續物」在震撼他們心弦的巨大響聲下破裂，他們究竟會作何感想呢？

看來，這時候他們的記憶已經不復向他們訴說什麼，過去的主觀感覺也早已消失殆盡了吧。當這些不承認現在同從前、乃至更遠的從前，有著某些因果關係的人們，最後陷於這樣的局面時，他們會作出怎樣的自我解釋呢？總而言之，我們不都是各自緊抱著自己在睡夢中製造出來的炸彈，無一例外地一邊談笑一邊朝著遠處的葬身之地走去嗎？只不過沒人知道自己所抱的是什麼東西而已——別人不知道，本人也不知道，所以還是幸福的吧。

當我注意到我的病情還在繼續，不禁聯想及歐洲的大戰恐怕也是從好幾世紀以前繼續下來的。不過它「究竟起自何時，又是怎樣發展而來的」這些問題，我是一竅不通了。所以說，看到那些不解「繼續」這詞的一般人，我反而羨慕不已。

三十一

在我上小學的時候，同一個名叫阿喜[55]的朋友很要好。阿喜當時住在

55 指桑原喜市，夏目漱石在市谷小學時的好朋友。

中町的叔叔家裡，離我家相當遠，當然很難每天去見他。我一般不大去找他，而是在家裡等他來。我一直不去看阿喜，阿喜也不會計較，準會上門來看我。而來了之後，他總是到借居在我家平房裡、以賣紙筆爲生的阿松處落腳。

阿喜好像是沒有父母的。不過我小時候一點兒也沒因此而感到奇怪，恐怕問都不曾問過呢。所以阿喜爲什麼要到阿松處落腳，我當然不知道是怎麼回事。直到很久之後，我才聽說阿喜的父親從前是銀座[56]的什麼職人之類的人物，因有僞造錢幣的嫌疑而入獄，之後死在獄中了。於是，他的妻子把孩子阿喜送至婆家，自己改嫁，進了阿松的門。因此阿喜時常來見見親生母親，這也是理所當然的。

本來什麼也不知道的我，聽到這一情況後也並沒有滋生出什麼特別的感奮之情，所以，當我同阿喜一起調皮胡鬧的時候，從來沒有想到過他的這些境遇。

阿喜同我都很喜歡漢學，儘管一竅不通，卻時常對漢文評頭品足，煞是有趣。他總能說出一些頗艱深的漢籍的名字，也不知他是從哪兒聽來還是查考來的，常常叫我不勝吃驚。

有一天，他走進等於是我的房間的正門裡側，從懷裡拿出兩卷書籍給我看。看上去好像是抄本，而且是用漢文寫的。我從阿喜手中接過書籍，漫不經心地反覆翻看著。老實說，那上面寫著什麼名堂，我是一點兒也不懂的。不過阿喜並沒有露骨地表現出「你懂嗎」的腔調。

「這是太田南畝[57]的手跡哪。我的朋友想出讓，我便拿來給你看看，你不買下來嗎？」

我並不知道這太田南畝是何許人。

「這太田南畝，究竟是誰呀？」

「就是蜀山人，大名鼎鼎的蜀山人呀。」

---

56 指江戶幕府的錢幣製造所。曾幾度遷移，現在東京的銀座也因此得名。於一八六九年廢止。

57 太田南畝（1749-1823），一般認為正確寫法是「大田南畝」。日本天明時期的狂歌師，別號有蜀山人、玉川漁翁、石楠齋和杏花園。

我不學無術，從來沒聽說過蜀山人這麼個名字。不過聽阿喜這麼說，總覺得這書是什麼珍本。

「賣多少錢呢？」我試著問道。

「說是想賣五毛錢，怎麼樣？」

我想了想，認定「反正還還價總沒錯」。

「要是兩毛五分，我可以買下來。」

「那麼，就兩毛五分吧，賣給你。」

阿喜這麼說著，從我手中接過兩毛五分錢，又不住地大談這書的優點。當然，我不懂其中的奧妙，所以不覺得有什麼大喜可言。不過，反正沒有吃虧這一點，使我感到很滿足。當晚，我把《南畝莠言》[58]——我記得好像是這麼個書名——放在桌子上後，就寢了。

三十二

第二天，阿喜又悠哉遊哉地來了。

「我說，你昨天買的那書的事……。」

阿喜說著看看我的臉，一副欲言又止的樣子。我望著桌子上的書，對他說：

「是指那書嗎？那書怎麼啦？」

「不瞞你說，那邊的老頭子知道此事後，怒不可遏，命我無論如何把書要回來。我已把書給了你，當然不願遵命，但又毫無辦法，只好再來找你。」

「是來取書的嗎？」

「談不上什麼來取書，不過，你要是不介意的話，是不是可以把書還給我？因爲賣兩毛五分錢，畢竟是太賤了呀。」

聽了這最後的一句話，我開始清清楚楚地意識到：在我迄今爲止抱有的買到便宜貨的滿足感裡，朦朦朧朧地潛伏著不快樂的成分——一種因行

58 大田南畝的考證隨筆集，凡兩卷，一八一七年刊行問世。

爲不善而引起的不快樂。我一方面爲自己的狡獪而生氣，另一方面又爲對方同意以兩毛五分錢賣掉而生氣。怎樣才能使這兩種憤怒同時平息下來呢？我是滿臉愁雲，沉默了好一會兒。

對於我的這種心理狀態，如今的我可通過對童年時代的回憶來作出剖析，所以能夠較明確地描繪出來，但在當時，我是莫名其妙的。我本人那時除了愁眉苦臉，不可能再有別的感覺，因此更不用說阿喜了——毋庸置疑，他是絕不可能理解的。也許這是應該放在括弧裡說的事——我到了這般年紀的今日，還時常會有這種現象發生呢！難怪總要被人誤解。

阿喜看看我的臉，說道：「兩毛五分錢，實在是太賤了呀。」

我猛然拿起那放在桌子上的書，伸到阿喜的眼前。

「好吧，還給你。」

「實在對不起了。因爲這畢竟不是安公的東西，沒有辦法。他把老頭子房裡的舊貨偷偷地賣掉，好弄點錢花花。」

我氣得發抖，什麼也沒回答。阿喜從懷裡掏出兩毛五分錢放在我的面前，但我碰都不想碰。

「這錢我不想要了。」

「爲什麼？」

「反正錢不要了。」

「是嗎？你這麼慷慨地把書拿出來，太不値得了吧？既然把書還了出來，兩毛五分錢也理該收下哪。」

我忍無可忍了。

「書是我的！一旦由我買下了，當然就是我的東西，這不是非常清楚的事嗎？」

「這當然是毫無疑問的。按道理，無疑是這麼回事，但是那邊也實在很難交代，所以……。」

「所以我同意奉還呀！不過我不收書錢。」

「你別說這種莫名其妙的話，喏，請收下吧。」

「我奉送了。書當然是我的，但是既然想要，我就奉送了。既然奉送了，就把書拿去得了，這還不行嗎？」

「是嗎？那就這麼辦啦。」

阿喜終於光把書拿走了，而我無謂地損失了兩毛五分的零用錢。

三十三

作爲一個生活在人世的人，我當然不可能完全孤立地生存，有時自然會爲了某些事情與人接觸。對我這個生性極其淡泊的人來說，要想擺脫那些季節性的問候、商談，甚至更複雜一些的交涉，都是非常困難的。

對於別人的言論和行爲，我都得毫不懷疑地接受、都該從正面來理解不可嗎？要是我不留意自己這種生性單純的性格，大概不時會莫名其妙地受人欺騙。結果嘛，當然會導致被愚弄、奚落的下場。嚴重一些的話，說不定得當面承受某些忍無可忍的侮辱。

於是，我一心認定別人是混跡江湖的騙子，一開始就不相信對方的話，警惕著別上當；有時光從反面去玩味對方的潛臺詞，認爲只有這樣才夠得上算是一個聰明人，並想安居在這樣的境界中——世上能夠找到這塊樂土嗎？於是，我有時難免要誤解別人。更有甚者，在與人接觸時，我還不得不一開始就作好自己犯下嚴重過錯的假設。有時必然會形成若不厚顏無恥地事先在心中作好可能會冤枉別人的準備，事情就不好辦的局面。

要是我想使自己在這兩種情況中選擇一種作爲我應持的態度，心裡便會產生另一種苦悶。我不願相信壞人，又想一點兒也不要傷著好人，於是我既不認爲出現在我眼前的人都是壞人，也不認爲都是好人，我的態度也只能根據對方的具體情況而作出各種不同的應變。

我想，誰都需要這種應變，而且誰都在付諸行動吧。但是，能否眞正爐火純青地掌握得恰到好處，不偏不倚地行走在完全吻合對方的實際表現的線路上呢？我常常被這一大疑問纏得不能脫身。

先撇開我的偏執不論，我記得自己以往有過屢次受人愚弄的痛苦經歷，同時也好像曾經多次故意不照表面現象來理解對方的言行，而是暗中作著有損對方品行、有辱對方人格的解釋。

我對待人的態度，首先來自迄今爲止的經驗積累，其次取決於前後的邏輯和周圍的實際情形。最後嘛，說來可能有點兒玄了，那就是上天賦予我的直覺也起著幾分作用。於是，或則我被對方所騙，或則我又去騙對方，偶爾也有給對方恰如其分的「待遇」的時候。

不過，我迄今爲止的所謂經驗，貌似廣袤，其實是相當狹窄的，若把在社會的某一局部積累起來的經驗用到社會的另一個局部去，多數是不可通的。由於前後關聯和周圍情況本是千差萬別的，那就不僅是應用的範圍受到限制的問題，還必須對這種千差萬別殫思極慮才行。然而，思慮的時間和材料往往是得不到保證的。

因此，我時常在不瞭解事實眞相的情況下，以自己那朦朦朧朧的直覺爲主體來判斷別人。至於我的直感究竟正確與否，我只能這麼說，我往往得不到機會來根據客觀事實評估情況。我的疑慮始終如霧靄籠罩，使我的心處在困苦之中。

要是世上眞有全知全能的神，我就要跪倒在這神的面前，求神賜給我明察秋毫的直覺，求神把我從這樣的苦悶中解脫出來。要不，就求神賜福給我，讓那些同我這個不開化者接觸的人都變得玲瓏剔透，使我能同他們氣質吻合地相處。我覺得，自己現在是處在或則因愚昧而受人騙，或則因抱有很深的疑慮而容不得人的境地。我感到非常不安、不明和不愉快。人如果這樣地生活一世，該是多麼不幸啊。

三十四

我在大學時曾經教過的某文學研究者跑來對我說：「聽說先生最近在高等工業學校作過演講了。」我答道：「嗯，作過的。」他告訴我：「聽了好像不知所云呢。」

迄今爲止，我從來沒在這方面替自己的演講操過什麼心，所以聽到對方的話，不禁爲之一震。

「你怎麼知道的呢？」

他聽後所做的釋疑很簡單：也不知是他的親戚還是朋友，反正是一個同他有關的某人家的青年吧，正是那所學校的學生，這青年聽了我的演講後，當天對他說過「一點兒也不懂」。

「您究竟演講了一些什麼內容呀？」

我當即把演講的大致內容向他覆述了一遍。

「好像沒有什麼特別難懂的內容吧，你說是不是？怎麼會聽不懂呢？」

「聽不懂，反正是聽不懂嘛。」

他回答得這麼肯定，使我聽了感到不勝詫異。不過，更強烈地震撼著我的，乃是「今後可以休矣」的後悔念頭。說心裡話，這所學校曾屢次求我去演講，都被我拒絕了，所以，當我最後接受邀請時，心裡是抱著這樣的希望的：無論如何也要努力給前來聽演講的人們一些相當的獲益才行。而我的這一希望被他簡簡單單的一句話——「反正聽不懂」——擊得粉碎。由此看來，我不能不認為自己根本沒有必要特意到淺草[59]去。

說起來，那已是一兩年前的舊事了。去年秋天，我礙於情理，無論如何得去某學校作一次演講，否則很不好交代。當我去了那裡時，忽然想起前年那件使我很感後悔的事。顧忌到自己其時演講[60]的題目會帶有易使年輕的聽眾產生誤解的內容，我便在走卜講臺時這麼說道：

「我估計不至於會有大的誤解，不過，諸位要是對我今天的演講內容有什麼不明白的地方，歡迎到我家中來，我打算盡可能地解釋得使諸位感到滿意。」

我的這一番話會引起怎樣的反響，這是我當時很難預料得到的。而過了四五天之後，眞有三個青年到我書房裡來找我了，其中的兩個人先打電話來問過我方不方便，另一個則事先寫了封恭恭敬敬的信寄來，預約了會面的時間。

我很愉快地接待了這幾位青年，並詢問了他們的來意。有一個人完全如我所料，是來就我的演講內容提出詢問的。另兩個人卻是我始料未及

59 高等工業學校當時在淺草區御藏前片町，即今台東區藏前。
60 指夏目漱石一九一四年十一月二十五日在學習院作的演講《我的個人主義》。

的，他們是就他們的朋友對家庭應該採取的方針問題，來徵求我的意見。也就是說，他們帶來了放在他們眼前的具體問題，即怎樣把我的演講有效地應用於現實社會。

我主觀上努力向他們三人談了我該說的話，作了我該作的解說。不過我的看法事實上能使他們有多少獲益呢？我也說不上個所以然來。但是，我對此已感到滿足了。這同聽人反映「據說您的演講很不好懂」相比，我是深感滿足了。

這篇文章在報紙上刊出兩三天後，我收到高等工業學校的學生給我寄來的四五封信。來信者都是聽過我那次演講的人，他們都是作爲一種反證寫信給我，即否定我在文中談到那令我深感失望的事實，所以來信都充溢著好意，根本沒有向我提出類似「爲什麼要把某一個學生說的話立即斷爲全體聽眾的意見」的責問。因此我想在這裡做一公開的補充說明：我爲自己的不明深表歉意，與此同時，我向親切地糾正了我的誤解的人們表示由衷的感激。

三十五

我小時候，經常到日本橋瀨戶物町的一家名叫伊勢本的說書場去聽書。在現在的三越所在地的對面，那時老是掛著白天說書節目的看板，繞過這個街角，走不了小半町遠，右側就有一個說書場。

每到晚上，這個說書場只演曲藝、雜技之類的節目，所以除了白天，我是不進這說書場的。不過論次數，這倒是我去得最多的地方。當然，我家當時不在高田的馬場下。不過，縱然頗得地利之便，可我怎麼會有那麼多的時間去聽書呢?至今想來仍覺得不可思議。

也許因爲我是在回首眺望年代久遠的往事的緣故吧，在我的印象中，這個說書場簡直是一處陶冶來客高尚情操的地方。舞臺的右側欄出了一席之地，用的是兩面低矮的木格欄板，欄板中間設有專席。舞臺的後面是簷廊，再往前是庭園。庭園裡的古梅樹斜向伸至水井欄杆的上方。從簷廊上可以仰見給人以寥廓之感的天空正籠罩著空餘的地面。向庭園的東面望去，可以看到一所像是獨立房間似的建築物。

坐在木格子圍欄裡的專席上的傢伙，都是有福多暇的人，所以無不穿戴著講究的服飾，從衣袖裡取出小鑷子，不時悠閒、耐心地拔著鼻毛。在這種晴朗的日子裡，我的心情宛如黃鶯飛到了庭園的古梅樹上歌唱一樣。

幕間休息時，賣茶的人會帶著盛有點心的匣子來場內兜售，這是該說書場的慣例。匣子呈淺淺的長方形，位子放置得非常好——要是有人想取，伸手即可取到。點心的數目，我記得好像是一匣十只，不過吃的人可以自便，並不限制，而吃過後得把應該付的錢放在匣子裡，這是約定俗成的規矩。我當時是以珍惜這種習俗的喜悅心情來看待它的，而如今看來，無論到什麼遊樂場所，恐怕再也不可能品味到如此從容大度的氣氛了。想及這一點，實在令人緬懷難已。

我在這種典雅寂寥的氣氛中，聽各種說書先生說書，內容都是古色古香的。其中有一位說書先生愛用一些奇妙的辭彙——「嘶篤篤」、「朗朗」、「嚓嚓」。聽人說，他叫田邊南龍，原來是在門口管鞋子的。這「嘶篤篤」、「朗朗」、「嚓嚓」已膾炙人口，但無一人能理解它們的涵義，他似乎只是把它們作爲一種形容軍隊威風凜凜的形容詞來使用的。

這位南龍早就去世了。當時的其他一些人也大多去世了。那兒後來怎麼樣了，我是一無所知。在那些當時給我的生活帶來了快樂的人中，現在到底有幾個人還活在世上，我完全不得而知了。

然而，在一次美音會[61]的年終會上，我看到節目單上列有在吉原當隨從、茶房等侍者的名字，其中有一個是我當時的朋友。我到新富座[62]去，看到了這個人，還聽到了他的嗓音。見他的面貌和嗓音同昔日完全一樣，我頗爲吃驚。他說起書來，也同從前一個樣，沒有進步，也沒有退步。而我正日益意識到發生在自己和周圍的二十世紀急劇變化之可怕，當面對他而坐，我沉浸在一種默想裡，心中不斷地把他和我作著比較。

61 田中正平（1862-1945）於一八九九年創辦的演奏會，特色是將日本古典樂曲汲取了西方音樂的優點。

62 關東大地震之前坐落在東京京橋區新富町的劇場。

他就是馬琴[63]，在伊勢本做南龍的前場侍者的時候還年輕，當時還叫琴凌。

三十六

我的長兄在未稱大學之前的開成學校求學的時候，患了肺病而中途退學。他的年齡同我相差很多，所以我們兩個之間嘛，與其說是什麼手足的關係，倒不如說是那種大人同小孩的關係，給我留下的印象更深。尤其是當他生氣發火的時候，我覺得這種感覺強烈地刺激著我。

長兄有著白皙的膚色和挺拔的鼻樑，稱得上英俊。不過，他的臉相和神情生來就帶著些威嚴，有一種咄咄逼人、不能隨意親近的氣氛。

長兄上學的那個時期，還有著地方舉薦人才入學的貢進生制度。一些不是當今的青年所能夠想像的風氣在校內各處流行。長兄曾告訴我，他收到過一個高年級學生寫來的情書，是個男學生，年齡好像要比我長兄大得多。長兄是在不時興這種習俗的東京長大的，不知他最後是如何處置這封情書的。他曾告訴我，後來每次在學校的澡堂裡遇見那個學生時，就覺得眞窘，難爲情極了。

由學校畢業後，他是極度的一本正經，總是板著面孔，所以父母對他也多少有點兒敬而遠之。此外，也許是他有病在身的關係吧，時常臉色陰沉地閉門不出。

不久，他的氣色有所緩和，人也自然而然地變得和藹了。他總愛穿一身叫「古渡唐棧」的舶來豎條紋棉布做的和服，繫一根狹幅的男式腰帶，傍晚便離家出門。他時常把繪滿了紫色六角形圖案的龜清[64]的團扇之類的東西丟棄在飯廳裡。這還沒算完呢，他竟會坐到長火盆前，不停地用假嗓子哼叫，家裡人見了，壓根不會有什麼特別的反應。我當然也不當作一回事。在用假嗓子哼叫的同時，他又要划藤八拳[65]了。但是這項內容一定要

63 此指第四代的寶井馬琴（1853-1928），日本明治大正時代的說書先生，善說武打書。初名慶豐，後襲父名琴淩，一八九九年襲名「寶井馬琴」。

64 龜清是東京台東區柳橋一帶的有名餐廳。

65 兩人面對面划拳來爭勝負，以連勝三次者為勝者。

有對手。他雖然不是每晚都要划拳，卻總是熱衷於此行，把笨拙的手抬起放下，怪模怪樣地忙得不亦樂乎。對手主要由我的三哥擔當，我不過是神情嚴肅地在一旁觀看而已。

長兄後來終因肺病而死了。我記得他好像是明治二十年（一八八七年）上死的。等到葬儀、守靈都完事，進入最後的整理階段時，有一個女子找上門來了。三哥出去接待，女子便向三哥詢問道：

「令兄去世之前，有沒有娶家室？」

長兄因爲有病，一直沒有娶。

「沒有娶，直至最後，都是獨自一人生活。」

「聽您這麼說，我總算安心了。像我這樣的人，不嫁人是活不下去的，實在不得已啊……。」

她獲悉我的這位長兄埋骨在什麼寺院後，就回去了。她是特意從甲州趕來的。我這時才第一次聽說，她早在柳橋當藝妓的時候，就同我的這位長兄有往來了。

我時常閃過這樣的念頭：去見見她，談談有關長兄的事情。但是又想，一旦見面，想必她已成了老太婆，早已面目全非了吧。她的心恐怕也同她的臉一樣佈滿皺紋而乾透欲裂了吧。如果眞是這樣，她現在看到我——這個死者的弟弟，也許反而會使她悲不自勝吧。

三十七

我很想在這兒寫些紀念母親的東西，但是頗可惜，我對於母親的情況瞭解得很少，母親沒有給我留下什麼過多的印象。

母親名千枝。千枝這個詞至今仍是我最感親切的辭彙之一。所以我有這樣的感覺——千枝就是我母親的名字而絕不是別的女人的名字。幸好我也不曾遇到過除母親之外也名喚千枝的女子。

母親是在我十三四歲的時候去世的，但是當我現在遠遠地追溯起她來，不論我順著記憶之藤蔓怎麼走，眼前只會出現一個老婦人的形象。母親是在進入暮年後生下我的，所以我沒能得到留下母親盛年時窈窕形象的特權。

我印象中的母親，老戴著一副大眼鏡在做針線活兒。記得那眼鏡是老式的，鐵製的鏡架，鏡片的直徑有二寸以上。母親戴著眼鏡，不時把下顎低向領子盯著我看，我當時並不知道這是老花眼的特點，而只認作那是母親的習慣。我在想到她的這副眼鏡的同時，總會聯想及那一直襯托著母親背影的一間寬的紙拉門。我的眼前也會清晰地浮現出那掛著的舊字畫中有著「生死事大，無常迅速」云云字樣的拓片。

到了夏天，母親老是穿一身沒有花紋的藏青色薄羅衣，繫一條狹窄的黑色緞子帶。說來奇怪，一涉及我記憶中的母親的形象，腦際就總是會浮現出她在盛夏時節的這身裝束。要是撇開母親那沒有花紋的藏青色薄羅衣和狹窄的黑色緞子帶，留下的就只有她的臉了。母親曾經到簷廊上同我的哥哥下棋，她和他對局的這一圖景，乃是他倆銘刻在我胸中的唯一的紀念形象，而在這一圖景中，她坐著的形象，也是穿著那身藏青色薄羅衣，繫著那條緞子帶。

我大概從來沒有去過母親的老家，所以長期以來，我是在不知母親由何處嫁過來的情況下長大的。而我一點兒也沒有要主動詢問一下的好奇心理。因此在這件事上，我也是模模糊糊的，就像霧中看花一樣。不過，母親是出生在四谷大番町這一點，我好像是聽人說過的。母親的娘家好像是開當鋪的，倉庫有好幾個——記得曾經有人給我講過這樣的話。但我直至今天這般年紀，也未曾去過那個叫大番町的地方，所以連這麼一丁點的關聯也幾乎忘卻了。即使上面這些情況是事實，在我對母親的懷念情景中，也絕不會出現什麼帶庫房的宅邸。大概它們在那時候就已圮毀了。

我還依稀記得有人說過我母親在嫁給我父親之前，曾在某官吏處做傭人。不過，我不知道那官吏的府上是在何處，她在那裡又做了多久。而且，我連那種傭人是什麼性質的僕人也不明白。對我來說，這情況宛如留下淡淡香味而焚盡了的線香，是一種簡直無從確認的事實。

不過說起來，是曾經在庫房裡看到過那種帶有華麗圖案的和服，那圖案同浮世繪彩色版畫中的宮女衣服差不多。這和服的裡子是紅色的綢子，外表印滿了櫻花、梅花，還鑲嵌著許多金錢和銀錢的刺繡——這也許是當時的一種女禮服吧。但是，母親穿著它又是什麼形象呢？不論我怎麼努力想像，也沒有影子浮現出來。這首先是因爲我心目中的母親的形象，就是那老戴著碩大老花眼鏡的老婦人；其次是因爲我曾看見這件美麗的女禮服後來被改成了小被子，蓋在家中的病人身上。

三十八

記得當我大學的一位西洋教師離開日本時，我想饋物贈別，便去庫房中取出那只帶有紅色抽屜的信件匣，那是一件描金漆器，而這件事距今也已相當久了。當時拿著匣子去父親面前討取的時候，我一點兒不覺得有什麼，如今提起筆來，不禁覺得這只信件匣也同改成了小被子的紅綢夾裡的女禮服一樣，凝聚著母親年輕時的姿影。據說父親一生沒有給母親做過衣服。難道母親的陪嫁很多，以致不需要父親給她做什麼衣物了？難道映在我心中的那件沒有花紋的藏青色薄羅衣和那條狹窄的黑色緞子腰帶也是母親出嫁時放在衣櫥中帶來的？我亟想再見見母親，親口把種種事情問問清楚。

我調皮、倔強，完全不像其他家庭中老來所生的愛子那樣受到母親的溺愛。不過，全家還是數母親最疼愛我的那種強烈的溫暖情感，永遠充溢在我對母親的回憶中。即使把個人的愛憎之情撇在一邊來想一想，母親也無疑是個典雅而親切的女人。而且誰都能一眼看出，母親比父親來得聰明。連言行乖戾的哥哥也對母親不勝敬畏。

「母親雖然無言，卻自有一種可畏之處。」

我覺得，哥哥對母親下的這番評語，至今還會自昏黑的遠處清楚地蹦出來。不過，它無非是我靠不住的記憶中的斷片，宛如浸潤到水中而流去的字跡逐漸恢復原來面貌似的。至於母親的其他一些情況，對我說來都等於是夢。我竭力收羅母親那斷斷續續留在我腦際的形象，但是母親的整體形象無論怎麼也浮現不出來。而昔日那斷斷續續的印象，有一大半已經淡薄得捉摸不到了。

有一次，我走到樓上，一個人睡午覺。

那時候，我一睡午覺，就老是被怪物所魘。我會眼看著拇指越長越大，沒有終止的時候；或者，我仰望著的天花板會慢慢地向下掉落，壓到我的胸前；睜開眼來，眼前的環境同平時一模一樣，唯有身子部分被睡魔所擒，不論我怎麼掙扎，手和腳都無法動彈一下。事後想想，我也常常搞不清楚那究竟是在夢裡還是不在夢裡。而我這次獨自午睡，也被這類怪物所魘了。

我也不清楚自己是在何時何地犯下了罪過，反正我花掉了一筆爲數不算少的、卻不屬於我所有的錢。至於派什麼用處、怎麼花掉的等等，我也說不出個名堂來。不過，像我這麼個孩子是無論如何還不出來的，這就使我這個尙未見過世面的膽小孩子午睡時嚇得心驚肉跳。我終於大聲呼喊樓下的母親了。

樓梯緊靠那掛有「生死事大，無常迅速」的拓片——它總是同母親的碩大老花鏡形影不離地出現在我的腦際——等字畫的紙門後面，母親聞聲立即跑上樓來。我見母親站在那裡望著我，就把我的苦痛講了出來，央求母親無論如何替我想想辦法。母親聽後微笑著安慰我說：「你不用擔心啦。不管是多少數目，我來替你還掉就是了。」我聽了喜不可言，於是安下心來，靜靜地入夢了。

這次發生的事究竟都是夢境呢，還是有一半是眞的呢？我至今仍在狐疑。但是不論怎麼說，我心裡只認爲：我確實曾大聲向母親呼救，而母親也確實出現了，並說了安慰我的話。我記得母親當時的穿著，正與我平時所看到的一樣，照舊是沒有花紋的藏青色薄羅衣，外繫那條狹窄的黑色緞子帶。

三十九

今天是星期天，孩子們不上學，所以女僕也放鬆神經了，比往常起得晚。而我離床起身時，已過了七點十五分。我洗漱過之後，照例吃了烤麵包、牛奶和半熟的雞蛋。正想去上廁所，卻見淘糞的人來了，便移步朝好久沒去了的後院方向走去，於是看到花匠在放東西的小屋裡清理物件。在摞起的廢舊炭籠下，火燒得正旺，火的周圍有三個女孩子在烤火取暖，顯得非常快活。她們引起了我的注意。

「這樣烤火，臉要變得烏黑啦。」

最小的一個女孩子聽我這麼說，便答道：「沒有關係的。」

我的視線越過石牆，看見遠處屋瓦上的霜已融化。我眺望了一會兒映在旭日下的閃亮色彩後，又折回屋裡。

一個親戚的孩子正爲我打掃書房。我把桌子搬至簷廊上，等他把書房整理好。簷廊上的陽光很好，我把身子倚在欄杆上，以手支頤地思索著，或者紋絲不動，讓靈魂自由地馳騁一番。

風不時輕輕地吹動著九花蘭盆栽的長葉子，庭樹上不時傳來黃鶯的鬢腳鳴囀聲。我天天坐在玻璃門裡面，想著「現在還是冬天，還是冬天」時，春天竟在不知不覺間搖盪起我的心來了。

我在這裡無論坐多久，冥思也不會有所結晶的。想提筆寫下來吧，又覺得要寫的東西無窮無盡，不知該從何處下筆。心裡一躊躇，又冒出了「寫什麼也是無謂哪」的懶散思想。在這種思想的支配下過了一會兒，便又滋生出「以往所寫的東西全是沒有意義的」這一想法。於是，「爲什麼寫那種東西呢」的矛盾心理開始嘲弄起我來了。所幸我的神經尚能鎭靜。駕著這種嘲弄向高處的冥思領域羽化而去，乃是我最大的愉快。我從雲層上俯視自己的笨拙，忍俊不禁，感到我無非是一個睡在搖籃中、在自己蔑視自己的氣氛中搖盪的孩子。

我雜亂無章地寫著別人的事和我自己的事。寫別人的事情時，我很小心，盡可能做到不要給對方帶來什麼麻煩。涉及到我自身的事情時，我反而能在比較自由的氣氛中呼吸了。不過我對待自己，還是達不到「皆空」的境界。即使沒有要欺世盜名來自我炫耀一番的想法，但我終於沒有披露自己那些更卑劣、更醜惡、更見不得人的缺點。有人曾經這麼說過：不論你如何順著聖奧古斯丁的懺悔、盧梭的懺悔、德·昆西德的懺悔去竭力探尋，眞正的事實也絕非人力所能講述得出來的。何況我所寫的東西還不是懺悔呢！我的罪孽——要是可以稱之爲罪孽的話，大概就在於我光注意從明亮處表現吧。這會給有的人帶來不快的感受，但我自己現在正騎在這種不快上，騁目環視著人類而微笑。我也用同樣的視線縱觀迄今爲止寫了那麼些無謂文章的自己，懷著自己彷彿成了別人似的感覺，臉上也現著微笑。

黃鶯還在庭園裡不時鳴囀，春風時常像有所醒悟似的搖曳著九花蘭的葉子，貓歪著腦袋曬太陽，把牠不知在何處被咬痛了的太陽穴迎著日光，暖洋洋地在打瞌睡。先前在庭園裡吵吵鬧鬧地放氣球玩的孩子們，這時一起去看電影了。家中和心中都靜極了，我在這樣的氣氛中打開了玻璃門，沐浴在靜謐的春光下，神不守舍地寫完了此稿。接下來，我打算在這簷廊上曲肱一眠了。

文鳥

十月份，我遷居早稻田[1]。一天，我刮過臉，獨自在寂寞如寺院似的書房裡托著腮出神，三重吉[2]來了，對我說：「您該養隻鳥兒。」我答道：「行啊。」但是出於謹慎，我問他：「養什麼鳥兒呀？」他回答說：「文鳥。」

文鳥是三重吉在小說[3]裡寫到過的一種鳥兒，我想，牠一定很漂亮，便求三重吉替我買。而三重吉反覆強調說：「您一定得養哪。」我依然托著腮，嘟噥著說：「唔，買吧，買吧。」三重吉這時候一聲不吭了。我這才注意到：他大概是討厭我這種以手支頤的樣子。

過了三分鐘光景，他開口說：「您該買只鳥籠。」我答道：「這也行啊。」這次他沒有一再強調「您一定得買哪」，而是大談起鳥籠的知識來。他的講解是很全面的，可惜我都忘記了。只記得聽他說到「頭等的價值二十元[4]左右」時，我頓時表示「用不著買這麼好的嘛」，而三重吉聽後，輕蔑地笑笑。

接著我問他：「這鳥兒究竟在哪兒買呀？」他答道：「唔，凡是鳥店，一般都有的。」眞是籠統得很的回答。我又問：「那麼鳥籠呢？」他答道：「鳥籠嗎？這個鳥籠嘛，喏，就在那兒——唔，就是那個什麼地方吧。」範圍廣泛得可以，簡直令人不知所云。我說：「不過，你連什麼地方都說不清楚，這總歸是不行的吧。」並顯出眞認爲不行的神情來。三重吉見狀，以手托著下巴，顯得非常沒有把握地說道：「哦，聽說駒込有一個製鳥籠的名手，不過年紀很大了，說不定已經去世了呢。」

我覺得不管怎麼說，自己當然得對自己說出的話負責，便把事情肯定下來，全部拜託三重吉酌情辦理。於是三重吉說道：「那您得立即付錢。」我拿出錢交給他。他把錢放進懷裡的一只表面有魚貝紋的三折錢夾裡，也不知他是從哪兒買來的。三重吉平時愛把錢放在這只錢夾裡，向來

1 據當時的書信，夏目漱石在明治四十年（1907）九月二十九日由駒込西片町遷居早稻田南町。

2 鈴木三重吉（1882-1936），日本作家，夏目漱石的學生，當時是東京帝國大學英文系三年級的學生。

3 指鈴木三重吉的小說〈三月七日〉。

4 本文寫於一九〇八年，當時的米價是每十公斤一元半，二十元大約相當於現在的四萬日元。

不分是別人的錢還是自己的錢。我清清楚楚目睹三重吉把這張五元的鈔票塞進這錢夾的底層。

鈔票就這樣被三重吉收下了。但是鳥兒和鳥籠老是沒見送來。

不知不覺間，已是秋日小陽春的季節了。三重吉來過好多次，總是談一通女人之類的事後，就告辭回去了，一次也沒提及過文鳥和鳥籠的事。透過玻璃門，陽光把五尺寬的簷廊都照到了，這不禁使人聯想在這樣溫暖的季節裡，哪一天餵養文鳥時就把鳥籠安放在這簷廊中，文鳥一定會快樂地鳴囀吧。

據三重吉在小說裡的描寫，文鳥的鳴聲是「千代、千代[5]」。看來，三重吉對這種鳴聲相當著迷，他屢次用到「千代、千代」這詞兒，也許他曾經迷戀過一個名叫千代的女子吧。不過三重吉從來沒有透露過這種事，我也沒有開口詢問。但見簷廊上的陽光好極了，卻不得聞文鳥的鳴囀聲。

天氣漸涼，霜開始降下了。我每天待在寂寞如寺院似的書房裡，有時整飭一下寒傖的臉面，有時不修邊幅，有時以手支頤，有時把手放下，就這麼度著時日。我把兩層窗戶都關得嚴實，又不斷往火盆裡加炭火。文鳥的事是丟到腦後了。

不料三重吉神氣活現地從門口跑進來了，時近黃昏，我冷得把上身直往火盆前湊，特意讓愁眉苦臉的神情在火上暖一暖，臉上也眞一下子變開朗了。三重吉的後面跟隨著豐隆[6]，豐隆是個不安分的人。他倆手中各拿著一隻鳥籠，三重吉還像個老大哥似的，多抱著一只大的套箱。就在這個初冬的晚上，五元錢換來了文鳥、鳥籠和大套箱。

三重吉非常得意，說：「哦，來，請看！」還吩咐，「豐隆，把那盞煤油燈再拿近一些。」他的鼻尖已經凍得有些發紫了。

不錯，鳥籠做得確實很漂亮，籠架子塗了漆，一根根竹篾削得很精細，而且上了色。三重吉說：「一共三元錢。」然後又說，「很便宜吧，

5 千代在日語裡的發音是CHIYO。
6 小宮豐隆（1884-1966），日本評論家，夏目漱石的學生，當時是東京帝國大學德文系三年級學生。著有多種有關夏目漱石的專門著作。

豐隆？」豐隆說：「嗯，很便宜。」我不太清楚究竟是便宜還是貴，竟也說道：「哦，很便宜。」這時三重吉說：「講究些的鳥籠，好像要賣二十元呢。」這是他第二次說到「二十元」了。同二十元相比，現在這個價錢無疑是很便宜的。

「這鳥籠上的漆嘛，先生，放在陽光下曬了之後，黑色會漸漸褪掉而泛出紅色來的……。還有，這竹篾是煮過的，可以放心……。」三重吉不停地作著說明。我問：「這可以放心是指什麼呀？」三重吉竟這麼答腔：「啊，您看這鳥兒，很漂亮，是不是？」

鳥兒確實很漂亮。我把鳥籠放到裡間，距我這兒大概是四尺光景吧，一眼望過去，鳥兒紋絲不動，只見昏暗中有一團雪白的東西。牠是那樣的潔白，如若不是蹲在鳥籠中，簡直不會想到牠是鳥兒。這時我覺得鳥兒有點兒怕冷的樣子。

「牠大概覺得冷吧？」我問。三重吉說：「所以爲牠準備了套箱呀。」又說，「到晚間，就把鳥籠放進這套箱裡。」我問：「弄來兩隻鳥籠，這是爲什麼呢？」三重吉說：「得把鳥兒放到這只粗糙的鳥籠裡，經常替牠洗澡。」我想：這可有點兒麻煩呢。這時三重吉補充說道：「此外，鳥糞會把鳥籠弄髒的，所以得經常打掃打掃呀。」爲了文鳥，三重吉的態度是非常強硬的。

我連聲「是、是」地表示明白了。這時候，三重吉從和服的衣袖裡取出一袋穀粒，說道：「這穀粒嘛，非得每天餵食不可。不給牠換食的話，得把食盂取出來，把穀皮吹掉。否則文鳥就沒辦法不一粒一粒揀取實心的穀粒啦。水嘛，也得每天換。先生是愛睡懶覺的，這就很合適了，是不是？」他對文鳥眞是關懷備至。於是我說：「行啊。」表示一切遵命。這時候豐隆從和服的衣袖裡取出食盂和水盂，彬彬有禮地放到我面前。對方把一切向我交代清楚後，逼我上馬了。即使從情理上講，也非得照料好這隻文鳥啊。我心裡雖然覺得很沒有把握，可還是決心先試試看再說。我想：要是有什麼問題，家中總會有人設法解決吧。

過了一會兒，三重吉小心翼翼地把鳥籠放進套箱裡，拿到簷廊上，說道：「擺在這兒吧。」便回去了。我在寂寞如寺院似的書房中央鋪好床，淒清地就寢了。我想著文鳥入夢，心情有點兒異樣，但睡下去後，儘管有些寒意，也同平時的夜晚一樣平靜了。

第二天早晨一覺醒來，太陽已灑進玻璃門裡了。我突然想到必須給文鳥餵食了。但是又不想起床，便在「馬上就餵，馬上就餵」的想法中，拖拖拉拉地躺到了八點多鐘。看來不能再拖下去了，我只得起床，趁著去洗臉的時候，赤著腳，順便走到涼颼颼的簷廊上，揭去套箱的蓋子，讓鳥籠沐浴在光亮中。文鳥一味眨巴著兩眼，我感到牠大概是早就想起來了吧，於是心裡覺得不勝抱歉。

文鳥的眼睛是烏黑烏黑的，眼瞼的周圍像是鑲嵌著細細的、粉紅色的絲線，每眨一次眼，那絲線就驟然並在一起，合二爲一，但是瞬刻之間又呈圓形了。當我把鳥籠從套箱裡一拿出來，文鳥便微傾著白色的腦袋，轉動烏黑的眼珠，望著我的臉，然後發出「啣啣」的鳴聲。

我把鳥籠輕輕地放在套箱上面。只見文鳥突然飛離停鳥的棲木，旋即又降落在棲木上。這停鳥的棲木共有兩根，是呈黑色的綠萼梅質地的圓棒，在一定的距離處像橋似的架著。文鳥輕輕地踩在一根棲木上，我朝牠的腳望去，眞是美麗無比：在細長而呈淡紅色的腳的尖端，鑲著晶瑩如珍珠的爪子，正舒舒服服地攫著不粗不細的棲木。這時，我覺得眼前有東西一晃，卻見文鳥已經在棲木上換了方向了。文鳥不住地傾側腦袋，時而往左，時而往右。我剛注意到牠把腦袋側回來、朝前輕輕伸了伸，牠又馬上抖動了潔白的羽翼，不偏不倚地落到對面棲木的正中央，並發出「唧唧」的鳴聲，從遠處注視著我的臉。

我到浴室去洗了臉出來，彎到廚房裡，打開櫃子，取出三重吉昨天替我買來的那袋穀粒，放些在食盂中，又在另一隻水盂裡盛滿了水，再走到書房外的簷廊上。

三重吉眞是個仔細而周到的人，他昨天已把餵食時必須注意的事項詳詳細細地告訴了我。他說，如果莽撞地打開籠門，文鳥會逃走的，所以得用右手去開籠門，用左手擋在右手下面，如果不在籠外堵住這個出口，那就會出問題的，而取出食盂的時候，也必須按這一辦法行事。三重吉還擺出兩手的正確動作給我看。可是我終究沒有問一問怎麼具體使用這兩手把食盂放進籠裡去。

沒有別的辦法，我只好持著食盂，以手指甲輕輕地把籠子的門往上推，與此同時，立即用左手堵住開口處。文鳥頓時回過頭來，「唧唧」地叫了。我那堵住出口的左手不知所措了。文鳥絲毫沒有要伺機逃跑的樣子，這使我感到一種難以名狀的歉意——三重吉教我做了壞事啦。

我把大手漸漸伸進籠子裡，這時文鳥突然拍動起翅膀，帶著體溫的長羽毛撲撲直響，一片白光從削得很精細的竹篾之間飛出來。我頓時覺得自己的這大手眞可惡。我好不容易才把盛有穀粒的食盂和盛有水的水盂擱置在棲木間，立即縮回手來。籠子的門叭嗒一聲，自然地落下來關上了。文鳥回到了棲木上，把白顏色的腦袋側過一半仰視著籠外的我，然後挺直歪著的腦袋，注視著腳下的穀粒和水。我見了，便到飯廳去用餐了。

那時，我每天的日課是寫小說[7]。除了吃飯，白天基本上是握著筆伏案工作。靜下來的時候，自己都可以聽到筆尖在紙上發出的響聲。沒有人會到我這寂寞如寺院似的書房裡來。早上、白天、晚間，我都會在這筆尖帶來的響聲中品嘗著寂寞的滋味。但是我也時常讓筆尖的響聲戛然而止，而且往往是不得不停止。這時，把筆夾在手指間，用手掌托著下顎，透過玻璃門眺望狂風中的庭園，已成了我的習慣。眺望過之後，就捏捏手掌上托著的下顎。當我停下筆不寫的時候，便用兩根手指捏著下顎朝前拉。忽然，聽得簷廊上的文鳥鳴了兩聲：「千代，千代。」

我放下筆，悄悄地走出房門，只見文鳥站在棲木上，對著我這個方向高聲叫著「千代」，白色的胸脯突出在外，彷彿要朝前傾跌似的。這「千代」的鳴聲美極了，如果三重吉聽見的話，準會異常高興。三重吉臨去前是下了保證的：等您養熟了，牠會叫「千代」的哪，一定會叫的哪。

我又蹲到鳥籠旁去了。文鳥把蓬起的腦袋時左時右、時上時下地晃了

7 指小說〈礦工〉，一九〇八年一月一日起在《朝日新聞》上連載。

兩三次。不一會兒，只見一團雪白的身體輕捷地由棲木上騰起，說時遲那時快，牠那美麗的爪子抓住了食盂的邊緣，卻有一半留在沿外。這食盂本是搭上一根小手指就會立即翻掉的，而這時竟然穩如吊鐘，紋絲不動。可見文鳥的體態是多麼輕盈！我總覺得牠像是雪花的精靈。

文鳥猝然把喙落到食盂的中央，然後朝左右掃了兩三下，那鋪得平平整整的穀粒便簌簌地灑落到籠子底上。文鳥抬起喙，喉嚨處發出了輕輕的聲響，然後又把喙落到穀粒的正中間，又是一陣輕輕的聲響。這種聲音很有趣，側耳仔細傾聽，是圓滑、細潤，而且非常急促的，彷彿小如紫花地丁的小人兒在用黃金錘子不停地敲打瑪瑙做的圍棋子似的。

留神看喙的顏色，卻見紅色中混雜著淡紫色。這紅色又是漸次由深而淡的，至啄取穀粒的喙尖處，已呈白色了，一種猶如象牙似的半透明的白色。這喙插進穀粒中的動作極其迅速，由左右兩邊灑落下來的穀粒好像也非常輕。文鳥幾乎沒讓身子倒轉過來，便把尖尖的喙直插黃色的穀粒中，然後不顧一切地左右搖動自己那蓬鬆的腦袋。灑落在籠子底上的穀粒，眞不知道有多少。然而盛穀粒的食盂竟儼然不動，它算是重的，直徑估計有一寸半。

我輕輕地踱回書房，不勝寂寞地繼續我的筆耕。文鳥在簷廊上鳴聲唧唧，不時又鳴叫起「千代、千代」來。屋外刮著朔風。

傍晚，我去看文鳥飲水。牠用細細的爪抓住水盂的邊緣，鄭重其事地仰起脖子，把小嘴沾到的那一滴水咽下肚去。我心想，照這樣的飲法，一杯水恐怕得飲十來天吧。隨即就回書房去了。晚上，我把鳥籠放進套箱。就寢時，我從玻璃門中向外瞧瞧，看到月亮已經出來，霜已然凝結。套箱裡的文鳥，沒有一點聲響。

說來抱歉，第二天早上我又晚起了。當我把鳥籠從套箱裡取出來時，又是八點多鐘了。我想，在套箱裡的文鳥大概早就醒了。但是文鳥沒有一點兒不滿的神情。我剛把鳥籠放到明亮處，牠立時眨巴著兩眼，微微縮著脖子，望著我的臉。

我從前認識一個美麗的女子。有一次，我見她靠著桌子在想什麼心事，便悄悄地走近她身後，把她身上紫色的腰帶背襯呈流蘇狀的一端長長地提起，用這腰帶的末端，由上輕輕地撫弄她那粉頸的細處。女子略顯憂傷地回過頭來，只見她眉頭微呈八字，眼角和口角綻出了笑意，與此同時，她把漂亮的脖子朝肩膀處縮——文鳥這麼望著我的時候，我不禁想起了這個女子。現在，這個女子已經出嫁了。在我用紫色的腰帶背襯撫弄她的那時候，她剛訂婚兩三天。

食盂裡的穀粒還有八成的樣子，但是已混有很多穀皮，水盂裡也漂滿了穀皮，水變得非常混濁。必須換食了。我又把大手伸進籠子裡。儘管我是小心翼翼地伸進去的，文鳥還是驚恐得直拍打翅膀。我覺得，哪怕讓文鳥掉了一根小小的羽毛，我也該感到歉疚。我把穀皮吹得一點不剩，那吹離食盂的穀皮不知被朔風刮到什麼地方去了。水盂裡的水也換了。因爲是自來水，所以很冰涼。

這天，我是在寂寞的沙沙的筆觸聲中度過的。其間，我也不時聽得文鳥那「千代、千代」的鳴叫聲。我心想，難道文鳥也是因爲感到寂寞而鳴叫的嗎？走到簷廊上一看，只見文鳥在兩根棲木之間往返，時而飛過去，時而飛回來，不大有停歇的時候，一點兒也沒有感到不滿的樣子。

晚間，我又把鳥籠放進套箱。第二天早上醒過來時，室外是一片白色的霜。我心裡雖然在想「文鳥也醒了吧」，但實在懶得起床，連伸過手去拿枕邊的報紙都嫌麻煩。不過我點起一支煙，眼睛注視著口中噴出的煙霧漸漸消失，心裡在想：「等我把這支煙抽完，就起床去放文鳥出來。」這時候，從前那縮起脖子、瞇著眼睛而眉頭微蹙的女子的臉，頓時在這煙霧中出現了。我翻身起床，在睡衣上披了件外套，立即跑到簷廊上，揭去套箱的蓋子，讓文鳥出來。文鳥在離開套箱的過程中，鳴了兩聲：「千代、千代。」

據三重吉說，文鳥被人養熟了之後，看到人就要叫的。還說他三重吉餵養的文鳥，只要看到三重吉在旁邊，就會不停地鳴叫「千代、千代」。不僅如此，還說文鳥會從他三重吉的指尖上啄食。我也很想能在什麼時候用指尖給文鳥餵食。

次日早晨，我又偷懶了，也沒有回憶從前的那個女子。我洗好臉，吃完早餐，這才像是有所醒悟似的到簷廊上去。鳥籠不知什麼時候已放在套箱上面了，文鳥早已頗有趣地從這根棲木飛到那根棲木，又從那根棲木飛回這根棲木，而且不時伸伸脖子，仰視著籠外的情景。牠這副神情眞是天眞無邪到了極點。從前那個被我用紫色腰帶背襯撫弄過的女子，愛穿長襟和服，身材細瘦，總愛這麼微微側著頭看人。

食盂裡有穀粒，水盂裡有水，文鳥感到很滿足。我既沒換食也沒換水就折回書房了。

午後，我又步入簷廊，本打算趁這飯後活動的機會，順便沿著這五六間長的迴廊邊散步邊看看書。可是一看鳥籠裡，穀粒已經不到三成，水也完全混濁了，便把書本扔在簷廊上，趕緊給文鳥換食、換水。

次日，我又遲起了。而且在洗臉、吃早餐的這段時間裡，都沒朝簷廊望望。回到書房之後，我心裡想：也許會像昨天一樣，家中的僕人已把鳥籠取出來了。於是我探臉望望簷廊，果然不出所料，鳥籠已取了出來，而且穀粒和水都是新換的。我終於放心了，把頭縮進書房。這時候只聽得文鳥鳴了兩聲「千代、千代」，我便把縮回來的腦袋再次伸出去，但是文鳥沒再鳴叫，而是現出詫異的神情，越過玻璃門眺望著庭園裡的霜。最後，我還是回到了書桌前。

書房裡，依然只聽得筆尖在紙上沙沙移動的聲響。寫就一半的小說正在順利地進展著。我感到指尖有點僵硬。早晨添加的佐倉炭已經發白了，擱在薩摩式火架子上的鐵壺也幾乎冷卻。炭筐裡是空的，我擊了擊手掌，廚房裡根本聽不見。我便站起來，打開房門，看見文鳥很反常地站在棲木上一動不動。仔細看去，竟只有一條腿。我把炭筐擱在簷廊上，彎下腰來細細地瞧，看來看去只有一條腿。文鳥全身的重量就由這一條又細又漂亮的腿支撐著，牠默不作聲地佇立在籠中。

我覺得很奇怪。看來，三重吉雖然把有關文鳥的事悉數作了說明，卻唯獨把這一情況漏掉了。我用炭筐盛了炭回來時，看見文鳥依然是一條腿。我站在寒颼颼的簷廊上望了一會兒，根本不見文鳥要動的樣子。我斂聲屏氣地凝視著，看到文鳥那圓圓的眼睛漸漸瞇上了。我想文鳥大概想睡覺了吧，便打算輕輕地回書房去。就在我舉足的時候，文鳥又睜開了眼睛，與此同時，一條細腿從潔白的胸間伸了出來。我關上房門，把炭添到火盆裡。

小說的進展使我越來越不得空閒了。早晨，我依然是大睡懶覺。自從家中的僕人替我照料過文鳥，我總覺得自己的責任變輕了似的。僕人忘記時，我就給文鳥換食、換水，把籠子取出來，放進去。有幾次我沒去這麼做時，便呼喚僕人，命他去做，好像我的事情只限於聽文鳥鳴囀似的。

不過，每來到簷廊上，我一定會在鳥籠前站停，看看文鳥。文鳥大概根本不以籠小爲苦事，只見牠很滿意地在兩根棲木間來來往往。天氣好的時候，文鳥沐浴在從玻璃門灑進來的柔和陽光中，不停地鳴囀。但是牠一點兒也沒有表現出像三重吉所說的那樣，一看到我的面孔就特別歡鳴的樣子。

當然，文鳥從來沒有直接從我的手指上啄取過食物。我情緒好的時候，曾經把麵包粉之類的食物放在食指尖上，由籠子的竹篾間伸進去，可是文鳥絕不靠過來。我大著膽子試著再伸進去一些，卻只見文鳥被我的粗手指驚嚇得在籠中撲打著白色的羽翼亂飛亂舞。這麼試過兩三次之後，我自感十分抱歉，永不再犯了。我甚至懷疑當今世界上究竟有沒有可能出現那種啄食情景。我想，那恐怕是古代的聖徒才幹得了的事吧。三重吉一定在撒謊。

一天，我照例在書房裡筆耕，筆尖沙沙地響著，書寫著一件件孤寂的事情。突然，一種奇怪的聲音鑽入我的耳朵。簷廊上傳來「刷刷、刷刷」的響聲，好像是女子在整理長長的衣裙，不過這樣說又似乎誇張得過分了些。我想，還是這樣形容比較妥當：是古裝的皇家人偶在階梯式的陳列臺上行走時，那和服衣裙的皺褶在摩擦作響。我丟下正寫著的小說稿子，手持鋼筆走到簷廊上一看，原來是文鳥在沐浴。

水剛剛換過。文鳥那輕輕的腿插在水盂的中央，水已浸潤到牠的胸前的羽毛。牠不時將白色的羽翼向左右伸展一下，同時微微蹲下身子，把腹部往下一鑽，全身的羽毛頓時隨之抖動。接著，文鳥輕捷地一縱身，飛到了水盂的邊沿上，不一會兒，又飛到水盂中。水盂的直徑不過一寸半，文鳥飛到水盂中時，牠的尾巴和頭部都露在外面，脊背當然也在水外，能夠浸潤在水中的部分，只有腿和胸部。但是文鳥洗得十分高興。

我急忙取來那只備用的鳥籠，把文鳥移入這只籠裡。然後，我拿起澆花的水壺到浴室去盛了自來水，回到籠邊，從籠子的上方將水灑下來。當水壺裡的水行將灑盡的時候，只見白色羽翼上的水呈水珠形狀、滴溜溜地滾落下來，文鳥不住地眨巴著雙眼。

從前，當那個被我用紫色腰帶背襯撫弄過的女子在客堂間裡做事的時候，我曾經從後面二樓上用小鏡子把春日的陽光反射到她的臉上，並引以爲樂事。女子抬起微微泛紅的臉頰，以纖手遮住額前，同時有點詫異地眨眨眼睛。彼時彼地的女子，同此時此地的文鳥，心情恐怕是異曲同工的。

日居月諸，文鳥能常常鳴囀了。但我也常常把牠丟在腦後了。有一次，出現了食盂裡只剩有穀皮的情況。又有一次，鳥籠底上全是鳥糞。一天晚上，我去參加一個宴會，回家遲了，冬月透過玻璃照了進來，空闊的簷廊上顯得白濛濛的，這時我看到鳥籠靜靜地放在那只套箱上，籠子的邊緣浮現出文鳥那白乎乎的身體，牠停在棲木上，似有似無，朦朧不清。我捲了捲外套的毛袖口，立即把鳥籠放進套箱裡。

第二天，文鳥一如往常，又神氣十足地歡叫了。在後來的那些寒夜裡，我時常忘記把鳥籠放進套箱裡。有一天晚上，我像往常那樣在書房裡專心致志地寫東西，突然聽得簷廊上砰的一聲響，好像是什麼東西翻落下來了。不過我沒有站起來，依然在趕寫我的小說。當然，我心裡不是毫無所動，但是想到特意起身跑出去一看，竟是芝麻大的小事，豈不可恨！所以我只是豎起耳朵聽了聽，權當不知道算了。當天晚上，我是十二點鐘過後才就寢的。在去上廁所的時候，我想到方才的響聲，爲了看個究竟，便順路到簷廊上轉了轉——

只見鳥籠已從套箱上掉落下來，而且橫倒在地上，水盂和食盂全翻掉了，穀粒在簷廊上灑了一地，棲木也脫了出來，文鳥抖抖索索緊貼在鳥籠的橫條上。從明天起，我絕不能再讓貓跑到簷廊上來了。

次日，文鳥沒有鳴叫。我把食盂裡的穀粒加得如山高，我把水添到差一點就溢出來了。文鳥長時間地單腿獨立在棲木上，一動也不動。吃過午飯，我想給三重吉寫一封信吧，剛寫了兩三行，文鳥「唧唧唧」地叫了。我停下寫信的筆，文鳥又「唧唧唧」地叫了。我走出去一看，穀粒和水都大大減少了。我便不再寫下去，把信撕掉扔了。

第二天，文鳥又叫了。牠飛下棲木，把肚子緊緊貼著籠子的底面，胸部稍稍有點向外鼓，細細的羽毛像漣漪似的蓬亂了。這天早上，我收到三重吉的來信，信上說，爲了上次那件事，請到某某地方來一次，並且要求我在十點鐘之前趕到。我便顧不得文鳥的事，去赴約了。同三重吉相見之後，圍繞著一件事談了很久、談得很多，後來一起去吃了午飯，還一起吃了晚飯，並且約定明天再見面後各自回家。回到家中，大概是九點鐘光景，文鳥的事忘得精光。由於疲乏，我立刻上床睡了。

次日一睜眼，馬上想到同三重吉交談的那件事。我刷著牙，心裡在琢磨：「不管當事人怎麼同意，看來嫁到那種地方去總不會有什麼前途的，再說，畢竟還是個孩子，別人命她到什麼地方去，她就躍躍欲試了。一旦走後，便無法隨隨便便出來啦。世上多的是自感滿意而陷入不幸的人……。」吃過早餐，我又為了昨天的這件事出去了。

回到家裡已是下午三點鐘左右。我把大衣掛在正門處，想沿著簷廊進書房。步至簷廊時，看見鳥籠安放在套箱上，但是文鳥已翻落在籠子的底上，兩條細腿僵直地並在一起，同身體成一直線地伸著。我走到籠子旁邊，凝視著文鳥，牠那黑黑的眼睛緊閉著，眼皮呈淡青色。

食盂裡全是穀皮，不見一顆可啄食的穀粒，水盂也乾得盂底都發光了。西落的太陽透過玻璃門，正斜照在鳥籠上，籠架上塗的漆——正如三重吉所說的那樣，不知何時已褪去了黑色，呈現出紅色了。

我望著被冬日著上了紅色的籠架，望著空空如也的食盂，望著那兩根徒為籠中橋樑的棲木，望著橫躺在橋下的僵硬了的文鳥。

我彎下腰，用雙手捧起鳥籠，走進書房，把鳥籠擺在十疊大的書房的正中央，在籠前正襟危坐，打開籠子的門，伸進我的大手捧起文鳥。牠那柔軟的羽毛已冷透了。

我把拳著的手退出鳥籠，然後張開手掌，看見文鳥靜靜地倒在我的手掌上。我攤開手掌，盯著死去的文鳥凝視了好一會兒，然後，把牠輕輕地放在坐墊上，用勁擊掌喚人來。

十六歲的女僕叫著「來了」，以手觸地，在門檻旁聽命。我冷不防地抓起坐墊上的文鳥向女僕面前拋去。女僕俯首看著地面，默不作聲。我睨視著女僕，說道：「都是你不給餵食，鳥兒終於死掉了。」女僕仍然默不作聲。

我轉身面向書桌，給三重吉寫了一張明信片，上面是這樣幾句話：「由於僕人沒有餵食，文鳥不幸死了。把本無所乞求的生命關在籠子裡，連餵食的義務都沒有盡到，實在是殘忍之至。」

我吩咐女僕：「把信寄掉，把這鳥兒給我拿走！」女僕問道：「拿到哪兒去？」我怒斥道：「什麼地方都行！隨你的便就是了！」女僕見狀，驚恐地拿起鳥兒往廚房那邊去了。

不一會兒，後面的庭園裡傳來孩子「埋文鳥、埋文鳥」的嚷嚷聲。還聽得掃庭園的花匠說道：「小姐，你看這裡好不好？」我感到頹然，在書房裡動起我的筆桿子。

次日，我感到腦袋昏沉沉的，到了十點鐘左右才起床。洗臉時，朝後面的庭園看去，見昨天花匠說話處的附近豎有一塊小告示牌，它同一株翠綠的木賊草並立在一起，但要比木賊草矮上一大截。我穿著庭內木屐，踩碎在太陽陰影裡的白霜，走近前去一看，只見這塊小告示牌的正面寫著：「嚴禁登此土堤」。字是大女兒筆子的手跡。

午後，三重吉來了回信，只寫著：「文鳥眞是可憐。」至於僕人可惡和殘忍什麼的，他是隻字沒提。

夢十夜

第一夜

我做了這樣一個夢。

我抱著胳膊在枕畔坐下後，仰臉躺著的女子輕聲地說道：「我快要死了。」女子把長髮披散在枕頭上，中間是一張輪廓柔和的瓜子臉。白皙的臉頰深處泛起溫潤的血色，嘴唇的顏色當然也是殷紅的，無論如何不像要死的樣子。但是女子用輕微的嗓音清清楚楚地說道：「我快要死了。」我聽後也覺得：她大概是要死了哪。於是俯身注視著她，問道：「是嗎？你要死了嗎？」女子說著「當然是要死了呀」，一下子睜開眼來。這是一雙潤澤的大眼，在長睫毛的包圍之中，一片烏黑，而在烏黑的眼珠深處，清晰地映出了我的身影。

我望著這清澈可見底的黑眼珠發出的光澤，心想：這樣也叫死嗎？我殷勤地把口湊向枕頭旁，又問道：「不會死的吧？不要緊吧？」於是女子像在做夢似的瞪著烏黑的眼睛，依然用輕輕的嗓音說道：「可我是要死了，毫無辦法呀。」

我鄭重其事地問道：「那麼，你能看見我的臉嗎？」對方嫣然一笑，說道：「能不能看見？喏，這兒不是反映著嗎？」我默然，把臉從枕旁移開。我抱著胳膊，心裡在想：看來非死不可了。

過了一會兒，女子又啓口了：

「我死後，請把我埋了。請用大的珍珠貝挖坑，請在我的墓碑處放上從太空中隕落的星星的碎片，並請你守候在墓旁，我們會再次相見的。」

我問她：「什麼時候能再相見呀？」

「太陽會升起來的，是吧？然後又沉下去，對吧？接著又升起來，然後又沉下去，對不對？在這火紅的太陽東升西落、東升西落的過程中，我說，你能等候我嗎？」

我默默地點點頭。

女子把輕輕的嗓音拉大了，果斷地嚷道：「請你等一百年。請你坐在我的墓旁等一百年。我一定會來見你的。」

我便答道：「我等候。」

這時，我那非常清晰地反映在她那黑色眼球中的身影，猝然散亂了。我覺得這彷彿寧靜的水面倏地一動，把映在水中的倒影拂亂而驚跑了。也就在這一瞬間，女子的雙眼一下子合上了，淚水從她那長長的睫毛間垂向臉頰——她死了。

我便走下庭園，用珍珠貝挖坑。珍珠貝是一種碩大、光滑而邊緣鋒利的貝殼。每抄一下土，貝殼裡側就在月光的反射下閃閃發亮，濕潤的泥土味也冉冉而起。不一會兒，坑就挖好了。我把女子放進坑裡，然後把柔軟的泥土輕輕地蓋上去。每蓋一次土，珍珠貝的內側就反射出月光。

接著，我拾來從太空隕落下來的星星的碎片，輕輕地放到土上。星星的碎片呈圓形，我想，這可能是因爲來自太空，在長長的隕落過程中把角都磨圓滑了吧。當我抱起碎片往土上放時，我的胸和手都有些暖了。

我坐在苔蘚上，抱著胳膊，兩眼望著圓形的墓石，心裡想著「從現在開始，我要在這兒守候一百年啦。」這時，正如女子所說的那樣，太陽從東方升起了，這是一輪碩大的紅日。這太陽又如女子所說的那樣，不久就落向西方，是紅光依然地驟然落下去的。我計著數——這是一。

沒過多久，鮮紅色的太陽又漸漸騰起，然後，又默默地西沉。我便計著數——這是二。

我就這麼「一、二」地往下數，自己也記不清看到過多少紅日了。數啊，數啊，數不盡的紅日從我的頭上通過去了。但是這滿一百年的日子還沒有來臨。最後，我望著生了苔蘚的圓石頭，懷疑自己很可能是受了那女子的騙了。

這時候，只見植物的綠色莖條由石頭下斜著朝我這兒伸來。眼見著越來越長，一直伸到我的胸部才停下，旋即在搖搖擺擺的莖的頂端，出現一房微傾著腦袋的長形花蕾，並開出了蓬鬆的花朵。這花兒香極了，不啻是把潔白的百合花放在鼻下所聞到的那種沁人肺腑的香。露水從深邃的上方啪嗒滴到花上，這花兒因著自身的重量，顫巍巍地搖晃了。我把腦袋湊向前，去親吻冷露滴中的白色花朵。當我從百合花上抬起頭，無意中望瞭望遠處的天空，只見一顆晨星獨自在閃爍。

「這滿一百年的日子已經來到了哪！」——此時此刻，我這才察覺到了。

第二夜

我做了這樣一個夢。

我從和尚的禪房裡退出來，沿著簷廊回到自己的房間，燈籠若明若暗地發著亮光。我屈起一條腿，膝部支在坐墊上去挑燈芯，形似丁香的燈芯頭啪嗒一聲落到紅漆臺子上，屋裡頓時明亮起來。

紙拉門上的畫是蕪村[1]的手筆，畫上的墨柳深淺有致，遠近分明，畏寒的漁翁斜戴著斗笠，在土堤上行走。壁龕裡掛著〈海中文殊[2]〉的畫軸。燃剩的線香仍在暗處散發著香味。寬大的寺院顯得陰森森的，不見人影。圓燈籠的圓形投影落在黑黑的天花板上，仰臉一看，彷彿是活的。

我支著一條腿，左手掀起坐墊，右手插進去一摸，一點不錯，東西好好在著呢。只要東西在，我就放心了，於是把坐墊像原來那樣放好，堂堂正正地坐上去。

和尚曾對我說：「你是武士，所以不應該不悟哪。」又說，「從你這種永不知悟來看，你大概不是武士吧。」還說，「你是人之渣滓。」接著嚷道：「啊，你發火了呀！」並且笑笑，最後說道，「你要是感到委屈，就把你已悟的證據拿出來！」說完把頭一扭。這可眞是豈有此理！

我心裡在說：在隔鄰廣間裡的座鐘沒敲響下一個鐘點之前，我一定要悟給你看看；待悟了之後，我今夜當再上禪室去，和尚的腦袋同我悟不悟是互爲賭注的，我不悟的話，就不能取和尚的性命；我無論如何也得悟，我是武士嘛。

如若不能悟，我便自殺。武士是不該忍辱貪生的，得殺身成仁。

我這麼想著，手又不禁伸到了坐墊下。我拖出一柄短刀，刀鞘是紅色的。我使勁握著刀把，把紅色的刀鞘甩出去，冷光閃閃的刀刃在昏黑的屋

1 與謝蕪村（1716-1784）日本江戶時代中期的俳人、畫家。
2 佛教裡的有名畫面，又稱〈渡海文殊〉。

裡閃爍著，像是有什麼神物從我手邊颼颼地往外奔逃似的，然後悉數匯集在刀尖，把殺氣聚於一點。我心無雜念地凝視著，刀刃彷彿縮爲針尖大小，凝於九寸五之端而自然變得鋒利，頓時想操刀猛砍了。全身的血液流向右手的手腕，握著的刀把黏得厲害——我的嘴唇在顫抖。

我把短刀插進刀鞘，拖至身體右側，然後擺開和尚打坐的架勢。

我咬牙切齒地罵道：「趙州曰無[3]。這無是什麼呀？這個賊禿！」由於咬緊了牙縫，呼出的熱氣便從鼻子向外噴，太陽穴被牽得發痛。眼睛圓睜著，至少比平時大一倍。

掛軸可見，燈籠可見，地席可見，和尚的禿腦袋清晰可見，他張開著闊嘴的嘲笑聲清晰可聞。這和尚眞是混賬。是該把這禿腦袋給抹了。我偏要悟給你看。我用舌根叨念著：「無，無。」口中念著「無」，卻還是聞到了香火的味兒。這線香眞是怎麼搞的！

我猛地掄起攥緊的拳頭，朝自己的腦袋狠命揍去。於是裡側的牙齒咬得咯咯直響，兩腋滲出了汗水，脊背像木棒似的發僵，膝部的關節處立即痛起來。我心想：這膝蓋骨折了會是什麼滋味呢？但覺疼痛、苦痛。這「無」怎麼也悟不出來。剛感到要悟出來時，疼痛又發作了。我發怒，我懊喪，我感到非常委屈，眼淚潸然而下。我眞想把全身往巨石上撞去，好讓自己粉身碎骨。

但是我極力控制住自己坐著不動。我把簡直不堪忍受的苦惱收在胸口。這種苦惱把我全身的肌肉由下往上抬，急不可耐地想從毛孔中竄出去，但是沒有一處不塞住，簡直是處在無出口的殘酷至極的狀態。

後來，腦袋變得不正常了。燈籠、蕪村的畫、榻榻米、高低不一的書架隔板，都時有時無地顯得縹緲起來。但是，「無」壓根兒沒有在眼前出現，我只是湊合著坐在那裡。可是就在這時候，隔壁的鐘突然「噹」地敲響了。

我嚇了一跳，右手立刻扶在短刀上。時鐘又「噹」地敲了第二下。

3 出自禪宗經典《無門關》的第一篇〈趙州狗子〉，江戶時代之後在日本流傳甚廣。

第三夜

我做了這樣一個夢。

我背著一個六歲的孩子。他確實是我的兒子。奇怪的是：孩子的眼睛不知何時瞎掉了，剃了個小平頭。我問他：「你的眼睛什麼時候瞎的呀？」他答道：「唔，早就瞎了。」他的嗓音無疑是孩子的聲音，但措辭簡直像個大人，而且用的是平輩的口氣。

左右兩旁都是農田，中間是一條小徑，鷺鷥的身影不時在一片昏暗中閃過。

「飛到田裡啦。」我的背脊上在這麼說。

「你怎麼知道？」我努力把臉回過去。

「咦，鷺鷥不是在鳴叫嗎？」他回答。

這時，果真傳來兩下鷺鷥的鳴聲。

我明知他是我的孩子，可心裡還是有點兒怕。背著這樣的傢伙走下去該會有什麼結果，實在不得而知。有沒有什麼地方可以把他甩了呢？我朝前方望去，只見昏暗中有一片大樹林。我心裡正在琢磨「去那兒看看再說」時，背脊上發聲音了。

「呵呵。」

「你笑什麼？」

孩子不回答我的話，只是問道：「父親，你覺得沉不沉？」

「不沉。」我回答。

「馬上就會沉起來啦。」他立即說道。

我以樹林爲目標，默默地走去。田間小徑很不規則地逶迤著，一路走去，根本不是我想像的那麼順利。不一會兒，小徑分成了兩股，我站在岔路口停了一會兒。「這兒應該有塊石頭呀。」孩子說道。

果然，立著一塊八寸見方的石頭，及腰高。石頭上寫著，向左去是日窪，向右去是堀田原。這紅色的字跡在昏暗中分明可辨，顏色近似於蠑螈的肚皮。

「走左面這條道吧。」孩子下令了。我朝左望去，看到先前那片樹林正自高空中把黑糊糊的影子壓向我倆的頭頂。我有點躊躇了。

「你不必多慮嘛！」孩子又開口了。我只好向樹林的方向走去，肚裡卻在嘀咕：兩眼都瞎了的人怎麼什麼都一清二楚呢？我這麼想著，順著小路走近了樹林。

這時候背脊上又傳來了這樣的話：「眼睛瞎了真是不方便極了。」

「所以我背著你呀。這還不行嗎？」

「承你背我，當然十分感謝，但是受人愚弄也真受不了，甚至要受親生父親的愚弄，受不了哪。」

我覺得這孩子很討厭，真想快一點走進樹林，好把他丟了，於是直往前趕。

「再朝前走走，你就會想起來的——也是在這麼一個夜晚呀。」背脊上的孩子像是自言自語地說道。

「你是指什麼呢？」我發出了詰問的聲音。

「指什麼？你還不清楚嗎？」孩子帶著嘲笑的口氣回答。我聽後，似乎隱隱約約地想起來一點了，但很模糊，只是覺得好像是有過這麼一個夜晚。我想，再往前走走，也許會想起來。我又覺得，一旦想起來更是不得了，得在沒想起來之前，趁早把他甩掉，免得老是心神不寧。於是我越走越快。

雨早就下起來了，路越來越黑，簡直像在夢中一樣。背脊上緊貼著的這個小孩子，就像一面閃閃發光的鏡子，照出我的過去、現在和未來，不漏過絲毫細微情節。而且他還是我的兒子，還是一個瞎子。這真叫我受不了。

「到了，就是這裡，就在那棵杉樹下。」

這孩子的聲音在雨中清晰可聞。我不由得停下來，不知不覺地走進這樹林中，看見在自己眼前大約一間遠的地方有個黑東西。確實如孩子所說，那是棵杉樹。

「父親，就是在這棵杉樹下呀。」

「嗯，是啊。」我不禁這麼回答。

「是在文化五年，這年是辰年對吧？」

不錯，我覺得好像是在文化五年，那年是辰年。

「你殺死我的那個時候，距今恰好一百年啦。」

聽見這一句話，我頭腦裡頓時浮現出當時的情景來——在距今一百年前的文化五年，那年是辰年，也是在這樣一個黑夜裡，我在這棵杉樹下殺了一個瞎子。這時我才醒悟：我是殺過人的。就在這個時刻，我覺得背脊上的孩子好像突然變成了地藏菩薩似的，沉得厲害。

第四夜

寬大的房間的中央放著一張小桌子，桌旁擺著幾隻凳子。桌子黑得發亮，桌邊有一隻方形餐盤，老爺爺面對餐盤在自酌自飲。那菜好像是燉三鮮。

老爺爺喝了點兒酒之後，臉上紅得厲害，而且可以說是紅光滿面，簡直找不到一絲皺紋。只有那一大把白鬍鬚在說明他是個上了年紀的老人。我雖然還是個小孩子，心裡卻在琢磨：不知老爺爺有多大年紀啦。這時，用提桶來後面的引水處打了水的老闆娘一邊在圍裙上擦著手一邊問道：

「老爺爺多大年紀啦？」

老爺爺把鼓了一嘴的燉三鮮咽下肚，若無其事地答道：「多大年紀嘛，我也忘了哪。」

老闆娘把擦過的手插到細細的腰帶間，站在一旁看著老爺爺的側臉。老爺爺用大如飯碗的酒盅喝了一大口酒，然後由白鬍鬚間長長地吐了口氣。

這時老闆娘問道：「老爺爺家住哪兒呀？」

老爺爺中止了長聲的吁氣，說道：「在臍的深處哪。」

老闆娘保持著把手插在細腰帶間的姿勢，又問道：「您上哪兒去？」

老爺爺又用大如飯碗的酒盅喝了一大口熱酒，像先前那樣吐著長氣，說道：「我到那兒去哪。」

「一直朝前？」老闆娘問。

與此同時，只見老爺爺吐出的氣越過紙隔扇，通過柳樹下，徑直向河灘方向而去。

老爺爺走出大門口，我也跟在他身後走出來。老爺爺的腰裡掛著一只小的葫蘆瓢，肩上背著一只方箱子，吊在腋下。他身穿淺黃色的緊身短褲和淺黃色的背心，只有襪套是鮮黃色的，好像是用什麼皮製成的。

老爺爺徑直來到柳樹下。柳樹下有三四個小孩。老爺爺笑著從腰間掏出淺黃色的手帕，把它搓得像紙撚似的又細又長，然後放在地面的中央，接著在手帕的周圍畫上一個大圓圈，最後從背在肩上的箱子裡取出一支黃銅製的賣糖人吹的笛子。

「現在，這手帕要變成蛇了，請大家看好，請大家看好啦。」他不住地重複著這些話。

孩子們專心致志地看著手帕，我也目不轉睛。

「大家看好，大家看好，看好啦。」老爺爺又嚷又吹笛，同時踏在畫的圓圈上兜圈子。我直盯著手帕看，但是手帕一動也不動。

老爺爺「嗚嗚」地吹著笛子，並繞圓圈轉了不少圈子。他把草鞋踮起來，躡著腳尖，鄭重其事地圍繞著手帕轉圈子，看上去又可怕又滑稽。

不一會兒，笛聲戛然而止，老爺爺打開肩上背著的那只箱子，然後用手猛然掐住手帕的脖子處，迅速地把手帕丟進箱中。

「這麼一來，手帕便在箱子裡變成蛇了。我馬上給你們看，馬上給你們看。」老爺爺說著，徑直邁步向前走去。他穿過柳樹下，沿著小徑筆直往下走。我很想看蛇，便順著小徑一直尾隨著。老爺爺一路走去，只聽得他時而嚷著「馬上就成」，時而叫著「馬上就變蛇」，後來索性唱了起來：

馬上就成，
馬上就變蛇，
一定會變，
笛兒在鳴。

他唱著唱著，慢慢來到了河灘。河上沒有橋，河邊沒有船。我剛剛在想他大概會在這兒停下來，把箱中的蛇讓我瞧瞧了吧，卻見老爺爺大踏步地涉水走進嘩啦嘩啦的河水裡。起先水只到他的膝部，漸漸地浸及腰部，深至胸部，直至沒在水中看不見了。但是老爺爺仍在唱：

水變深了，

夜降臨了，

徑直朝前……。

他一邊唱一邊徑直不停地邁步走去。最後，他的鬍鬚、臉、腦袋、頭巾，依次消失不見了。

我心裡在想：也許老爺爺渡過河登上對岸時，會把蛇給我看了吧。我獨自站在那裡一心等待著，永遠等待著。周圍的蘆葉輕響，但是老爺爺終究沒有從河裡上來。

第五夜

我做了這樣一個夢。

那是距今相當遠的舊事，好像已近於神治時代了。我不幸戰敗被擒，押至對方主帥面前。

當時的人們都長得很高，而且都留著長鬚，紮有皮帶，皮帶上掛著狀如木棒的劍。弓上用的是粗粗的藤蔓，不事修飾，既沒塗漆也沒拋光，極其樸素。

對方的主帥用右手握著弓的中央，把弓的一頭支在草上，身子坐在一隻倒伏的酒甕似的東西上。朝他的臉上望去，只見左右兩條又濃又粗的眉毛在鼻子的上方連成一體。不言而喻，當時還沒有剃鬚修面這些玩意兒。

我是俘虜，當然沒有座位，只能在草上盤腿而坐。我的腳上穿著一雙大草鞋。當時的草鞋是高筒的，站起來時，筒高及膝，邊緣部分留著一些沒有編完的稻草條條，像穗子似的垂著。邁起步子時，穗子會窸窸窣窣地晃動，成了一種裝飾。

主帥借著篝火的亮光看著我的臉，問道：「願死願活？」這也是當時的習俗，凡是俘虜，總得受此一問。如果回答「願活」，就意味著投降。如果回答「願死」，就表示絕不屈服。我便回答了一句「願死」。主帥把支在草上的弓向前方一甩，刷地把掛在腰間的狀如木棒的劍拔出來。只見篝火逆風而來，從橫裡噴到了劍上。我把右手掌張成楓葉狀，手心朝著主帥，伸向他的眉眼處。這是表示：等一等！主帥見狀，把粗大的劍嘩啦一聲插進劍鞘。

當時已經有情愛這種事了。我說亟想在臨死前見一見自己心愛的女子。主帥說：「我可以等你，直到天亮雞鳴為止。」我必須在雞鳴之前把這女子叫到這兒來。如果雞鳴後女子不來，我便要被即刻處死。

主帥坐在那裡不動，兩眼望著篝火。我在草上等待她來，腳上的大草鞋成交叉狀。夜越來越深了。

不時可以聽得篝火在潰散的聲音。篝火每潰散一下，朝向主帥的火焰就減弱一些。主帥的兩眼在濃黑的眉毛下閃爍著光芒。於是有人跑過來，往烈火中添加新柴。不一會兒，火又嗶剝作響了，這是一種在驅逐黑暗的威風凜凜的聲響。

這時候，她已把繫在後面那棵櫟樹上的白馬牽了出來。她在馬鬃上撫了三次，飛身躍上高高的馬背。這是一匹沒鞍沒鐙的裸馬。她一夾馬肚，馬就撒開又長又白的腿一溜煙地竄向前去了。由於有人在不住地往篝火中添柴，所以遠遠望過去，天空下是有些微微發亮的。馬兒就以這亮光爲目標在黑暗中飛馳，牠的鼻孔裡噴出兩條像火柱似的氣息，朝目標奔來。但是女子還是不停地用纖腿狠夾馬肚。馬拼命疾馳，馬蹄聲在空中迴盪。女子的頭髮成了一面燕尾旗，髮梢在黑暗中飄曳。但是，馬兒還是沒能來得及趕到篝火前。

因爲此時，漆黑的道旁突然響起了喔喔的雞叫聲。女子騰起身子，緊緊抓住手中的韁繩，馬的前蹄在堅硬的岩石上踩得噠噠直響。

喔喔的雞啼聲又響了。

女子叫了聲「啊——」，繃緊的韁繩頓時鬆了，馬兒兩條前腿失蹄，連同騎者一起向正前方栽下去，岩下是無底的深淵。

馬蹄的印痕至今仍留在岩石上。學雞鳴的乃是天探女[4]。只要這岩石上還留著馬蹄踩下的印痕，那天探女就是我的不共戴天之敵。

第六夜

聽人說運慶[5]在護國寺的山門處雕刻守護寺院的仁王神像，我趁散步之便，踱去瞧瞧，只見已經有許多人比我先到一步，在那裡不停地信口議論。

在山門前五六間處，有一株大紅松，樹幹斜著向上，遮住了山門的瓦蓋，一味向遠遠的蒼穹伸去。青翠的松樹同紅漆大門相互輝映，蔚為美觀。這株松樹所在的位置也很好，似乎刻意為了不遮掩門的左端而向上斜切過去，越到上面伸展得越寬，一直伸展至屋頂，頗具古風，令人思及鎌倉時代。

但是來觀看的人，都同我一樣，全是明治時代的人，其中尤以車夫居多。這些車夫準是等乘客等得無聊而過來觀看的。

「眞是龐然大物呀。」有人這麼說。

「比起刻什麼人物來，這要費勁多啦。」還有人這麼說。

我剛在想著「原來如此」，卻聽得一個男人說道：「咦，是仁王嘛。現在也刻仁王？我呀，一直以爲仁王像都是舊的呢。」

「仁王實在強大呀，不論怎麼說，仁王是了不起的。自古至今，再強大的人也無法強過仁王哪。反正呀，比日本武尊還要強大哪。」有一個人啓口說道。他掖起了後衣襟，沒戴帽子，看來是個沒受過什麼教育的粗人。

運慶聽著這些觀看者的評頭品足，毫不在意，只顧用鑿子和錘子幹活，連頭也不回一下。他攀在高處，不停地鑿刻仁王的臉部。

運慶的頭上戴著一頂古式小禮帽形狀的東西，上身穿一件近似武士禮服的寬袖衣服，一副古色古香的樣子。運慶的這種裝束同觀看者嘰哩呱啦

4 又作「天邪鬼」，日本民間傳說中的惡鬼，一說善模仿他人的言行舉止，借此搗亂。

5 運慶（？—1224），日本平安末期、鎌倉初期的佛像雕刻家。

的腔調簡直無法相配。我心裡在嘀咕：怎麼運慶一直活到現在呀？雖然覺得這眞是不可思議的怪事，卻仍站在那裡觀看。

但是運慶專注於雕刻，根本沒有表現出感到稀奇古怪的神情。

一個年輕人仰臉看著運慶的這種神情，回過頭來對著我讚歎道：「不愧是運慶哪，眼中沒有旁人。他這副神情不啻是在表示：『天下英雄，唯仁王與我耳。』令人欽佩！」

我感到這一番話很有意思，便朝這個年輕人望望。

年輕人立即接口說道：「你看那鑿子和錘子的動法多神！簡直是爐火純青到妙不可言的地步了。」

運慶現在在橫向鑿刻足有一寸寬的粗濃眉毛。只見他把鑿子的端頭豎豎放放，剛豎起一些時，旋即用錘子斜劈下來，一點一點劈掉堅硬的木料，成片的木屑隨著錘聲飛出，但見鼻翼表現出來的怒氣猛然間便在鼻側浮現出來。運慶的入刀法無比嫻熟，沒有絲毫的猶豫。

「鑿子用得如此得心應手，眉毛和鼻子也就當然能隨心所欲地刻出來啦。」我佩服得五體投地，不禁自言自語起來。

這時候，先前那個年輕人說道：「哦，那不是在用鑿子鑿刻眉毛和鼻子。這眉毛和鼻子本是埋藏在木料中的，他無非是借著鑿子和錘子的力量，把眉毛和鼻子挖出來罷了。這就如同由土中挖出石頭一樣，因此絕不會出錯的。」

我這時才恍然大悟：所謂雕刻，就是這麼回事嗎？我想：眞要如此的話，豈不是無人不會啦！於是，我也迫不及待了，躍躍欲試，想雕出個仁王來。爲此，我不再觀看，趕緊回家。

我從工具箱裡取出鑿子和錘子，跑到後院，看到不久前被風暴刮倒的青岡櫟，已被僕人砍成一段段不長不短的劈柴，堆成一個大垛，備作柴禾了。

我選了一段最大的，幹勁十足地開始雕鑿了。但是很不幸，尋找不到仁王。我又去取了一段，命運不濟，仍然沒有鑿到。第三段裡也還是不見仁王的影子。我把全部劈柴一一取來鑿過，沒有一段是藏有仁王的。我終於明白了：在明治時期的樹木裡是不可能埋藏著仁王的。而運慶怎麼能一直活到現在的問題，也就基本上有答案了。

第七夜

我好像是乘在一艘大船上。

這艘船夜以繼日、片刻不停地吐著黑煙破浪前進，發出驚人的響聲。但我不知道它要去哪兒，只見像燒紅的火箸那樣的太陽從波底升起來，一直升至高高的桅杆的正上方，剛剛掛了一會兒，旋即在不知不覺中趕過了大船，跑到前頭去了。最後，仍發出像燒紅的火箸那樣的顏色，落下去了。每逢這種時候，蔚藍色的波浪就在遠處翻起深紅色的光澤。於是，大船發出驚人的響聲朝前追去，不過怎麼也別想追上。

有一次，我纏住一個船員，問道：「這船是在向西而行嗎？」

船員顯出驚訝的神情，盯著我望了好一會兒，然後反問道：「爲什麼呢？」

「因爲船好像在追隨著西落的太陽而行嘛。」

船員哈哈地笑著朝前走去。

「西落的太陽的盡頭是東，這是眞的嗎？東升的太陽的歸宿是西，這也是眞的嗎？寄身於海濤之上，頭枕波浪而眠，流吧，流吧。」他大聲喟歎道。

我走到船頭，看到眾多的水手在一齊拉粗粗的帆索。

我茫無頭緒，根本不知道什麼時候可以靠岸，也不瞭解這船在駛往什麼地方。我只知道船正吐著黑煙破浪向前。波面相當寬闊，蔚藍蔚藍的，蒼茫無邊，有時也會呈現出紫色，只有船的周圍始終冒著雪白的泡沫。我非常不得要領，心想：乘在這種船上，還不如跳海死了算了。

同船的乘客很多，基本上是外國人，但臉部是各式各樣的。在天空陰霾下來、船晃動不已的時候，有一個女人憑靠在欄杆上，不停地哭泣，她那擦眼睛的手絹已經發白，但是身上穿著印花的洋裝。我看到這個女人後，才明白除我之外還有悲傷者在。

一天晚上，我來到甲板獨自眺望星星，這時有一個外國人走過來，問我「要不要學點兒天文學」。我心想：無聊得都想去死，還有什麼必要學天文學！便默不作聲。於是，這個外國人把位於金牛宮頂端的七星的故事講給我聽，並且說，星也好，海也好，都是神造出來的。最後又問我「信不信神」。我望著天空，一聲不吭。

有一次，我走進沙龍，看到對面有一位穿著講究的年輕女子在彈鋼琴，琴旁站著一個高高的漂亮青年，他在唱歌；他的嘴看上去長得非常大。不過這兩個人都是一副旁若無人的神態，彷彿連身在船上的事也忘記了。

我越來越感到無聊了，終於決心一死了之。於是在某天晚上，趁周圍沒有人的時候，毅然跳進海裡。但是——在我的腳離開甲板、脫離船沿的一剎那，我突然捨不得這條命了。我從心底裡感到後悔，早知不跳了，但爲時已晚。不管我願意不願意，我這時都只能投身入海了。船是那麼高大無比，我的身體雖然離開了船，腳卻老是碰不到水面。不過兩手也無處可抓攀，只能逐漸接近水面。不論我怎麼縮起腿都阻止不了身體向水面接近。水的顏色是黑的。

這時候，船從我身旁駛過去了，照例吐著黑煙。這時我才醒悟到：我還是乘在這艘船上好，即使不知道它要開往何處。但我卻已無法使我的醒悟付諸實施，只有抱著無比的後悔和恐懼，靜靜地落向黑色的海浪。

第八夜

我一跨進理髮室的門檻，就見三四個聚在一起、身穿白衣服的人齊聲說道：「歡迎！」

我站在屋子中央掃視了一下，知道房間是方的，兩面開著窗，另外兩面豎有鏡子。數了數，鏡子凡六塊。

我走到一塊鏡子前，坐下來，聽得椅子面鬆軟下陷的聲音。這是一把坐上去非常舒適的椅子。我的臉清清楚楚地映在鏡子裡，臉的後面是窗子，斜對面是櫃檯，櫃檯邊沒有人。從窗外路過的人，只出現腰以上的部分。

庄太郎帶著一個女人路過。這庄太郎戴著一頂巴拿馬草帽，也不知他是什麼時候買的。這女子也不知是什麼時候搭上的。兩人都得意揚揚。我正想仔細看看女子的臉，兩人已經走過去了。

賣豆腐的吹著喇叭走過，他把喇叭頂在嘴上，兩腮鼓得像是被蜂螫過似的。他就這麼鼓著兩腮走了過去，叫人記掛，覺得他彷彿永遠在受蜂螫似的。

藝妓出現了，她還沒有化妝，頭上的島田髻[6]已經鬆散，好像沒有紮頭帶，臉上也是剛剛睡醒的樣子，氣色差得可憐。只見她鞠躬致意後說道：「承您貴言。」但是鏡子裡怎麼也看不到她在同誰講話。

這時候，身穿白衣的理髮師走到我身後，拿起剪子和木梳望著我的腦袋。我撚著稀疏的鬍子，問道：「您看怎麼樣，還行嗎？」穿著白衣的對方一句話也不說，用手中那把琥珀色的木梳輕輕地敲了敲我的腦袋。

「嗳，我說這頭嘛……您看怎麼樣，還行嗎？」我問這穿白衣的人。他還是一聲不吭，開始喀嚓喀嚓地使起剪刀來。

我瞪大雙眼，不讓鏡子裡的景象漏去一點一滴，但是剪刀每響一下，黑黑的頭髮就隨著飛出來，我害怕起來，沒一會兒就把眼睛閉上了。

這時候白衣人對我這麼說：「先生，您看見門口那個賣金魚的嗎？」

我說沒有看到。白衣人沒有再說什麼，剪刀聲響個不停。這時，只聽得有人突然大聲喊了句：「危險！」我一驚，睜開眼來，看見白衣人的袖子底下有自行車的車輪，還有人力車的車把。我剛有所思，白衣人猛地雙手按住我的腦袋，向側面一擰，自行車和人力車都看不到了，只有剪刀的喀嚓喀嚓聲。

不一會兒，白衣人轉到我的側面，開始修剪耳邊的頭髮。頭髮不再向前飛散，我便放心地睜開眼。就在這時，傳來了「年糕喲、糕喲、糕喲」的吆喝聲，有人在用小杵有節奏地往臼中樁年糕。我只是在小時候看到過賣年糕的，所以這時候很想看一看，但是鏡子裡根本沒有賣年糕的，只有樁年糕的聲音傳進我的耳朵裡。

我竭力睜大眼睛，不放過每一個角落地朝鏡子裡張望，看到櫃檯旁不

6 未婚年輕女性和藝妓常梳的一種日本傳統髮髻。

知何時已坐著一個女人。她身材高大，膚色微黑，眉毛濃濃的，梳著雙髻，身穿夾衣，戴著黑緞子的襯領，支起一條腿在數鈔票，好像全是十元的票面。女子低著長長的睫毛，咬著薄薄的嘴唇，在專心致志地拼命數著，數得很快。而且，這些鈔票好像老是數不完。那放在膝頭的鈔票至多一百張，但是數了好久，依然是一百張。

我茫然地望著這女子和那十元票面的鈔票。這時候聽得耳邊傳來那白衣人的喊聲：「洗頭吧。」我感到正中下懷，便離開椅子站起來，同時轉頭往櫃檯方向看了一眼，然而櫃檯裡既沒有那女子，也沒有什麼鈔票。

我付了錢走出大門，見大門的左側並排放著五隻小桶，桶裡養著很多金魚，紅色的、帶斑點的、瘦的、胖的。那賣金魚的人就在桶的後面，他凝神望著眼前的金魚，手掌托著下顎，一動也不動，對於街上熙來攘往的情景簡直毫不在意。我站了好一會兒，望著這賣金魚的人。在我望著他的這一段時間裡，這賣金魚的人一動也不曾動過。

第九夜

世間不知怎麼的騷亂起來。眼看又要爆發戰爭了。被火燒得無家可歸的裸馬，不分晝夜地在宅地周圍狂奔，我彷彿感到士兵們在爭先恐後地追趕馬兒，晝夜不舍。但是家裡呢，卻靜得可怕。

家中住著年輕的母親和一個三歲的孩子。父親出遠門去了。父親離家，是在一個不見明月的深夜。他在地板上穿好草鞋，戴上黑色的頭巾，由廚房的後門口出去了。當時，母親手持六角紙燈，燈火在黑暗中劃出細長的亮光，照到了圍籬前的那株老檜樹上。

父親從此沒有回來過。母親每天總要對三歲的孩子這麼說：「爸爸呢？」孩子不響，不一會兒答道：「那兒。」即使母親問：「什麼時候回來呀？」孩子還是答道：「那兒。」並且笑笑。這時母親也笑了，於是反反覆覆地教孩子說「就要回來啦」。但是孩子只記住了「就要」。有時母親問「爸爸在哪裡」，孩子竟會答出「就要」來。

到了晚上，四周寂靜無聲，母親把腰帶束好，在腰帶間插上一柄鮫皮套子的短刀，然後用細帶子把孩子固定在背上，悄悄地由便門走出去。母親成天穿草屐，孩子有時就聽著這草屐的響聲，在母親的背上睡著了。

由綿亙著土牆的住宅區向西下行，走到緩緩的坡腳下，有一棵高大的銀杏樹，從這裡向右面斜過去，可以看到一町[7]來遠的前方立著一座石鳥居。一側是農田，另一側全是山白竹。穿過這些山白竹，就來到鳥居前。鑽過鳥居，是陰暗的杉樹林子。然後沿著長約二十間的鋪石路走到盡頭，到達舊拜殿的臺階前。舊得呈灰色的賽錢箱上方垂有大鈴鐺的拴繩，白天看過去，鈴鐺旁掛有書寫著「八幡宮」[8]的匾，這「八」字的字體就像是兩隻相向的鴿子，很有趣。此外還有一些各不相同的匾。大多是在射箭射中者的名字前放上被射中的金靶子，偶爾也有放長刀的。

鑽過鳥居，聽得杉樹梢上的貓頭鷹叫個不停，粗糙的草屐也嗒嗒作響。母親走到拜殿前停下，先敲了敲鈴，接著蹲下，擊掌拜神。在這種時候，貓頭鷹的叫聲一般會戛然而止。然後，母親一心一意地祈求保佑丈夫平安無事。母親虔誠地相信，既然丈夫是武士，那麼自己這麼跑來乞求弓矢之神八幡神無論如何加以保佑，神大概不會不理睬吧。

孩子往往被那鈴聲吵醒，睜眼望見周圍一片漆黑，有時便在母親背上哭起來了。這時母親一面在口中念念有詞，一面晃動著上身，努力哄著孩子。孩子往往就乖乖地止聲不哭了，但有時哭得更凶。然而母親絕不輕易站起來。

母親爲丈夫的安危祈求了一番之後，解開細帶子，把背上的孩子一鬆，孩子便由背部滑轉到了胸前。她抱起孩子，走上拜殿。這時她一定把自己的臉頰摩擦著孩子的小臉，說道：「乖，在這兒稍等一會兒啊。」然後，她用這長長的細帶子把孩子綁好，栓在拜殿的欄杆上。接著，她由殿前的臺階走下來，在二十間長的鋪石路上作來回一百次的「御百度」祈願。

拴在拜殿欄杆上的孩子，以細帶子的長度爲限，黑暗中來來回回地在

7 日本的長度與面積單位，用作長度單位時又寫作丁。一丁合三六〇尺、六十間，約一〇九・一公尺。

8 祭祀八幡神的神社。在日本，八幡神自古以來被尊為弓矢之神。武士有向八幡神起誓的風習。

寬廊上爬行。這種夜晚乃是母親最感愜意的時刻。但是拴著的孩子一旦呱呱地啼哭起來，母親就不能安寧了。她的步伐變得非常急促，氣喘吁吁。實在無可奈何的時候，便中途折往拜殿，登上臺階，努力哄好孩子，從頭開始「御百度」。

這樣過了好幾晚，母親很是焦慮。她徹夜不眠地思慮著父親，而父親早在很久之前就已經爲浪士[9]而死。

這樣一件可悲的事情，我是在夢中聽母親講的。

第十夜

阿健來說，庄太郎在被女子弄走後的第七天晚上突然回來了，回來後立即發燒，臥床不起。

庄太郎是這一帶的第一條好漢，是個非常善良、正直的人。但他有一樣嗜好，就是愛戴上巴拿馬草帽，晚間往水果店的店前一坐，兩眼跟著過路女子的臉蛋轉，並且評頭品足地讚個沒完。除此以外，庄太郎就沒有什麼值得一提的特點了。

當路上不大有女子經過時，庄太郎就不朝路上看，而是看水果了。水果的種類很多，水蜜桃、蘋果、香蕉，漂漂亮亮地擺在簍裡，列成兩行，隨時都能作爲送人的禮品拿走。庄太郎看著一簍水果，說道：「眞漂亮。」又說，若是做買賣的話，只有開水果店。可他自己老是戴著巴拿馬草帽四處閒逛。

庄太郎有時也會就蜜柑什麼的品評一番，說什麼「這樣的色澤好」。但是他從來沒有掏錢買過水果，當然也沒吃過，只是一味讚賞色澤好。

一天傍晚，來了一個不速之客——一個女子出現在店鋪前。她穿著講究，像是頗有身份的人。庄太郎十分滿意女子身上穿的衣服的顏色，而且對女子的相貌非常欣賞。於是，他摘下頭上那頂寶貝的巴拿馬草帽，殷勤地鞠躬致意。女子指了指最大的一隻裝滿水果的簍子，說：「我想要這

9　失去侍奉的主家和俸祿的流浪武士。

簍。」庄太郎立即取下這簍水果，遞給女子。女子提了提這簍水果，說道：「眞沉啊。」

庄太郎本就是個閒人，加上爲人爽快，便說道：「那麼，我幫你拿回家去吧。」庄太郎同女子一起離開水果店之後，就杳無音訊了。

這個庄太郎呀，即使與眾不同，這次也眞是過分隨便了。他的親戚朋友聽到了這一情況後，無不議論紛紛：這次的事情非同小可呀。到了第七天晚上，庄太郎突然回來了。人們便紛紛趕去，問道：「阿庄，你是到哪兒去啦？」庄太郎回答說：「乘電車往山裡去了。」

這一定是行程相當長的電車。據庄太郎說，下了電車就到了一片原野。這是一片非常大的原野，極目四望，到處都是青草。庄太郎同女子一起踩著青草向前走，忽然走到了懸崖上，腳下就是絕壁。這時女子對庄太郎說：「請你從這兒跳下去試試。」庄太郎探頭一望，深不見底，於是脫下巴拿馬草帽，再三拒絕。女子見狀，說道：「要是你拿定主意不往下跳，就讓豬來舔你一下吧，同意嗎？」庄太郎平生最討厭豬和雲右衛門[10]，但是不這樣做，就得縱身往下跳呀！這時候，已有一隻豬打著響鼻跑來了。庄太郎無法可想，用手中的檳榔木細手杖朝豬的鼻子打下去。只聽得那豬哼叫著翻身滾下絕壁。庄太郎舒了口氣，卻見另一頭豬正凸著鼻子朝自己身上衝來。庄太郎進退維谷，又揮起手杖，那豬也哼叫著，頭朝下掉進了無底的深淵。緊接著又來了一隻豬。這時候庄太郎定了定神，朝遠處一望，只見成千上萬、數也數不清的豬，正成群結隊地由遙遠的草原盡頭徑直奔來，這些豬打著響鼻，都以庄太郎爲目標。庄太郎內心感到害怕，但又束手無策，只好集中注意力，用檳榔木手杖朝著奔近身邊來的豬的鼻子，一一打去。奇怪的是，只要手杖碰到豬鼻子，那豬便會翻身滾下深淵。探頭望去，只見這些豬連成一串，頭朝下栽進深不見底的懸崖。庄太郎想到「我把這麼多的豬打落下深淵啦」，不禁害怕起來。但是豬仍在源源不斷地奔來，牠們像生了腿的黑雲，在青草裡殺出一條路，前仆後

10　雲右衛門（1873-1916），日本明治時期的著名浪曲師，本名岡本峰吉，號桃中軒。

繼，勢不可當，一路上還噴著響鼻。

庄太郎振奮起精神，奮勇迎敵，對著一隻隻豬的鼻子打了七天六夜，終於筋疲力盡，手像蒟蒻一樣發軟，最後被豬舔了，於是倒在懸崖上。

阿健在講到這兒的時候，感慨道：「所以呀，過分注視女人是要惹禍的哪。」

我認爲這當然是無須贅言的。但是阿健還說，他很想獲得庄太郎的那頂巴拿馬草帽。

看來庄太郎性命難保，巴拿馬草帽要歸阿健所有了。

倫敦塔

在兩年的留學期間，我只去過倫敦塔一次。後來雖有過再去看看的念頭，終究未果而作罷了。在這期間，也曾有人來約我同去，但我拒絕了。要是首次參觀得到的印象被再次參觀所破壞，未免可惜；若是被第三次參觀一拂而盡，就太遺憾了。我想，參觀「塔」嘛，宜以一次爲限。

我到倫敦塔去，乃是在我抵達倫敦不久的事。當時，我連方位也弄不清楚，更不用說地理位置了。我那時的心情猶如一隻兔子——一隻突然被人從鄉下丟進了繁華鬧區的兔子，走出門，怕被人流捲走；回到住處，又擔心火車會出軌而撞到自己的房裡來，可謂朝夕不安。要是在這種響聲、這種人群中住上兩年的話，我的神經當會像鍋中的鹿角菜一樣，變得黏糊糊的了。有時我甚至覺得，看來馬克斯·諾道的《退化》[1]眞是一大眞理呢。

再則，我當時既沒有可以帶介紹信去請求幫忙的對象，也沒有任何舊識在當地居住。因此，我只好帶著惶惑的心情，在一張地圖的引導下每天出門遊逛或辦事情。當然，我不乘火車，也不坐馬車，若是去利用這些頭緒紛繁的交通工具，眞不知道會被帶到哪兒去呢！在這大都會倫敦市內恰如蜘蛛網一般縱橫交錯的火車道、馬車道、電車道、纜車道，沒有給我帶來任何方便。事不得已，我只好來到十字路口就展開地圖，在行人的推推嚷嚷中，定出自己前進的方向。查地圖也搞不清楚時，我就向人問路；問不出名堂的話，我就找警察；警察也解決不了時，我再向別的人請教。一路上，我幾乎逢人就招呼和詢問，直到遇上識路的人爲止，就這樣好不容易到達了我的目的地。

我覺得，那時候出門去參觀「塔」，好像只有這麼辦。「既不知來處，又不知去處」這話固然禪味太重，但我現在確實不清楚我當時是經由什麼路抵達「塔」下，後來又是穿過什麼街回到住宿處的。我絞盡腦汁也沒有用，但是可以肯定，參觀「塔」是確有其事的，那「塔」的情景至今歷歷在目。眞是前不得要領、後不知所以，只有忘前丟後的中間處是異常清晰的。我覺得自己猶如落到了劃破黑暗的閃電梢上，轉瞬即逝。這倫敦

1 馬克斯・諾道（1849-1923），德國評論家、作家，一八九三年發表代表作《退化》，從病理學角度來論述近代人的性格，認為有所退化。明治末年，此書在日本影響很大。

塔，好像是我前世夢中的焦點。

倫敦塔的歷史乃是英國歷史的縮影。倫敦塔標誌著那遮掩住「昔日」這一神奇物的帷幕已自行裂開，把佛龕中的幽光反射到二十世紀來了。也可以說，倫敦塔標誌著那使萬物流逝的時光發生了回溯，讓一瓣逝去的時代漂浮到現代來了。意味著人血、人肉和人的罪孽的結晶物尚殘留在馬車和火車中的，正是倫敦塔。

當我隔著泰晤士河，在倫敦塔橋上騁目眼前的倫敦塔時，竟出了神，忘卻了一切，不知自己是今人還是古人了。時值初冬，卻很寂靜。天空低垂在塔上方，顏色就像洗衣桶裡的汁水被攪混後的樣子。泰晤士河那宛如溶進了牆土似的水流在勉強向前推進，不起波浪，也沒有聲響。一隻帆船由塔下向前去，在沒有風的河面上升帆駛船，那呈不規則三角形的白色羽翼彷彿老是停在原處似的。兩條大駁船迎面而來，只看到一個船夫站在船尾處搖櫓，它們也好像停在原處不動似的。塔橋的欄杆周圍有白色的光影在閃動，那可能是海鷗。縱目四望，一切都是靜止的，或慵懶困頓，或昏然而眠，令人有置身舊昔之感。其中，倫敦塔傲然而立，呈現出冷眼蔑視二十世紀的樣子，儼然是一副「不管你火車奔騰、電車馳騁，只要歷史存在，我就是如此」的神態。它那巍然雄偉的景象，至今令人驚歎。這建築物俗稱為塔，而「塔」無非是一種通稱，其實它是一座由諸多城樓組成的大城堡。並肩而立的城樓，形狀多樣，有圓形的，有方形的，但都呈陰鬱的灰色，彷彿立志要把上世紀的紀念物永遠留傳人間。我覺得，若用石頭做出二三十個九段的遊就館[2]模型，然後並排置於放大鏡下觀看，就可以得到這「塔」的形象了。我久久地眺望著——站在飽含著暗褐色潮氣的空氣中，出神地凝望著。當二十世紀的倫敦在我的心裡漸漸消弭時，眼前的塔影就在我的腦中勾勒出一幅朦朧的歷史圖景，猶如晨起喝的濃茶所冒出來的煙霧中，逶迤著尚未睡醒的夢的餘韻。一會兒我感到不安，彷彿有一隻長手從對岸伸過來拽我。這就使紋絲不動地佇立凝望的我，頓時萌發出

2 坐落在東京靖國神社境內的戰事博物館。於一八七九年落成，一八八一年開館，之後因為關東大地震受到損壞，現在的遊就館為一九三一年重建，文中所指的西洋風格建築已不復見。

渡河去塔下的念頭。那長手用力地拽我，我便移步渡河，跨上塔橋。長手一味地猛拽，我渡過塔橋後便一溜煙地奔到塔門處，不啻是一小片在現世浮游的鐵屑被一塊三萬坪的舊有大磁鐵吸附了過去。走進塔門後回首望去，記得好像看到什麼地方刻著這樣的詩句[3]（此時的我已然失去了常態）：

從我，是進入悲慘之城的道路；
從我，是進入永恆的痛苦的道路；
從我，是走進永劫的人群的道路。
正義感動了我的「至高的造物主」；
「神聖的權力」，「至尊的智慧」，
以及「本初的愛」把我造成。
在我之前，沒有創造的東西，
只有永恆的事物；而我永存。

你們走進這裡，把一切希望捐棄吧。

走過乾涸了的溝渠上的石橋，迎面有一座塔。此塔用沒有稜角的圓形石頭建造，呈大油桶狀，恰如巨人的門柱屹立在左右，中間有建築物相連，人們可從這建築物下面穿到對面，這就是所謂的中塔。略往前行，左側出現高峙的鐘塔。當敵人的鐵盾、鐵盔像鋪蓋在原野上的秋陽似的由遠處漸次近來時，人們就撞響塔上的鐘。當囚犯在月黑星稀的夜裡看準壁壘上的哨兵有所不備而越獄出逃，並且從墜落的火把光影裡消匿在黑暗中時，人們也撞響塔上的鐘。當鋒芒畢露的市民爲反對君王的苛政而像螞蟻一樣聚集塔下騷動時，人們也撞響塔上的鐘。這塔上的鐘啊，可謂有事必鳴，常常是一味地響個不停。祖來殺祖，鳴；佛來殺佛，亦鳴。這口在霜晨、雪月、雨天、風夜中鳴過無數次的大鐘，眼下又在哪兒呢？我舉頭仰

3 這些詩句出自義大利詩人但丁（1265-1321）所作《神曲：地獄篇》，是寫在地獄入口之門上的銘文。這裡借用上海譯文出版社版《神曲》譯本中的譯文。

望著爬有常春藤的古老鐘樓，鐘聲寂然，已絕響百年之久了。

再往前走幾步，右側就是逆賊門，門的上方高聳著聖湯馬斯塔。命名爲逆賊門，聽了就令人不寒而慄。自古以來，幾千名生葬塔中的囚犯，都是用船押送到這門口的。囚犯一旦離了船跨進此門，就再也沐浴不到人世間自由的陽光了。泰晤士河不啻是他們的三途川[4]，這門也就是他們通往陰曹地府的入口。他們在淚浪中搖晃著，被划到這猶如洞窟一樣昏黑的拱形門下。當他們來到這如同鯨魚張開口等著吸食沙丁魚一樣的地點，只聽得厚實的櫟木大門發出嘎嘎的聲響，他們也就同人世間的光明永別了。他們也就這樣，終於成了宿命之鬼的餌食。只有鬼才知道他們什麼時候送命——明天，後天，或者是十年之後。坐在泊於此門的船中的囚犯，一路上又是怎麼想的呢？每當槳動，每當水珠濺滴在船舷，每當划槳者的手動彈，囚犯恐怕無不感到自己的生命受到又一次的威脅吧。一位白鬚垂胸、身穿黑色法衣的長者，步履踉蹌地離船上岸，他就是克蘭默大主教[5]。那位青頭巾裹至眉際、天藍色的綢子衣服裡套有鎖子甲的英俊男子，乃是魏阿特[6]吧。那位旁若無人地由船舷跳上岸來，帽子上插有絢麗的鳥羽，左手扶著金刀的刀柄，飾有銀扣的鞋尖順著石階輕捷地移動的，不正是羅利[7]嗎！我窺視昏暗的拱門下，心想，對面會不會出現水浪沖刷石級的波光呢？便引頸而望，但是不見水影。原來，自從堤壩竣工以來，逆賊門同泰晤士河就完全無涉了。這呑進過諸多囚犯、吐出過諸多押送船的逆賊門，已經不能讓人帶著懷舊的情緒來傾聽鱗波輕拍門下所發出的聲音了。不過，對面血塔的壁上依舊垂有大鐵環，據說纜繩從前就繫在這鐵環上。

向左拐，可進入血塔的塔門。從前，這血塔囚禁過許多與玫瑰戰

---

4 典出佛教，為劃分人的現世與彼岸的河川。

5 湯瑪斯・克蘭默（Thomas Cranmer, 1489-1556），英國宗教改革者，坎特伯雷大主教。一五五三年舊教復辟時被捕，囚於倫敦塔內，後被燒死。

6 湯瑪斯・魏阿特（Thomas Wyatt the younger, 約1521-1554），軍人，是詩人魏阿特之子，在肯特州發動叛亂，攻打倫敦，兵敗被俘，後被處死。

7 沃爾特・羅利（Walter Raleigh, 約1552-1618），英國軍人、探險家、作家，曾受到女王伊莉莎白的恩寵，後因失寵以及有背叛詹姆斯一世之嫌，自一五九二年起，三次被囚於倫敦塔，後被處死。在獄中寫下了頗有影響的著作《世界史》。

爭[8]有關的人。在這血塔中，人如草芥雞犬，橫遭殺戮，積屍如曬乾的鮭魚。無怪乎要命名爲血塔了。拱門下有著像崗亭的箱子，旁邊的士兵戴著盔形帽，持槍而立，擺出一副正顏厲色的樣子，卻掩飾不了想要快點交班以便到老地方去喝一杯和會會相好的神態。塔的外壁是用形狀不規則的石塊砌起來的，相當厚實。表面粗糙不平，爬滿常春藤，高處開有窗，大概是塔壁很高的緣故吧，由下仰視，窗竟是出奇的小，好像還嵌著鐵格子。崗哨如同石像似的紋絲不動，肚子裡卻在想著與情婦調情的事。我站在一旁，抬手翳日，攢眉蹙鼻，聚精會神地仰視高處的窗口，淡淡的日影穿過鐵格子，射到舊時代的有色玻璃上，不時地閃爍著反光。不一會兒，煙靄似的帷幕拉開了，想像中的舞臺便在眼前清晰地浮現出來。窗的裡側垂著厚厚的帷簾，所以白天也是昏暗的。窗外的牆上不抹灰泥，是完全赤裸的石塊。室和室之間置有永生永世不移不動的隔離物。不過，在正中央六疊大的地方，蒙有一塊色調暗淡的織錦，底子呈青灰色，圖案爲淺黃色，繪著裸體女神像，女神像周圍佈滿了蔓草花紋。在石壁的旁邊橫著一張大床，厚櫟木上深刻鏤雕而成的葡萄、葡萄蔓和葡萄葉子，在手足摩挲和觸及過的地方，有光亮反射出來。床頭有兩個小孩[9]，一個十三四歲，另一個是十歲左右。年幼的坐在床沿，半個身子靠在床柱上，雙腿無力地垂著，右臂與傾側著的臉都往前靠，依偎在年長的孩子的肩上。這年長的孩子把一本打開著的燙金大書擱在年幼孩子的膝頭，右手放在打開著的那一頁上。這手極柔美，宛如象牙揉成的。兩人身穿黑如鴉翼的上衣，膚色顯得格外潔白，引人注目。這兩個人，從頭髮的色澤、眼睛的顏色、眉宇鼻翼乃至衣飾，幾乎無處不同，當是同胞弟兄。

哥哥用優美悅耳的聲音讀著那膝上的書：

「能夠在眼前浮現出自己臨終情景的人，是很幸福的。我日日夜夜都在期望著死的來臨。我行將去主的面前，已無所畏懼……。」

---

8 英國貴族內戰。自一四五五年開始，以紅玫瑰為徽記的蘭開斯特家族同以白玫瑰為徽記的約克家族為爭奪王位而持續發動內戰，前後達三十年之久。

9 指愛德華、理查兄弟，愛德華四世的遺孤，被叔叔囚禁於倫敦塔並遭殺害。這叔叔篡奪了王位後，稱理查三世。

弟弟發出了令人憐憫的聲音：「阿——門——」這時遠處刮來一陣厲風，搖撼著高塔，塔壁像要塌下去似的發出了嗚響。弟弟聞聲蜷縮起身子，把臉貼在哥哥的肩膀上，雪白的被子頓時鼓起了一塊。哥哥又讀起來：

「早晨時分，做好過不了黃昏的準備；到了晚上，不對明日寄予希望。視死如歸才是榜樣，貪生怕死最爲可恥……。」

弟弟又叫了聲「阿——門——」，聲音在發顫。哥哥輕輕地把書倒放，走近那小小的窗口，想望望窗外的景象。但是窗太高，他個子小，搆不著，便搬來了凳子，站在凳子上踮起腳尖，看見縱深百里的黑霧深處朦朦朧朧地透出冬日，宛如遍染了新屠後的狗血。哥哥掉過頭來對弟弟說：「今天又這麼過去了？」弟弟只答道：「眞冷。」哥哥自言自語地嘟噥著說：「只要不殺死我們，可以把王位讓給叔叔……。」弟弟光是說：「我要媽媽。」這時，對面掛著的那幅織錦上的裸體女神像飄動了兩三下——儘管一點兒風也沒有。

突然，眼前的場景轉換，只見塔門前悄然站著一位身穿黑色喪服的女人[10]，她臉色發青，神情憔悴，但是全身散發出一種雍容華貴的夫人氣質。不一會兒，隨著開鎖的響聲，塔門嘎嘎地打開了，從門內出來一個男子，恭敬如儀地向婦人施禮。

「能見見嗎？」婦人問道。

「不行哪。」男子帶著同情的口氣說，「我無法從命，這是上面的規定，請您務必丟掉這念頭。對我來說，賣個人情當然很容易……。」這時男子突然住口，環視四周。護城河中有鷺鷥悄聲浮起。

婦人解下掛在項間的金項鍊遞給男子，說道：「我只要偷偷地瞧一瞧就行。你要是拒絕一個女人的懇求，那就太冷酷了。」

男子用手指繞起金項鍊，沉思著。鷺鷥這時霍然鑽入水中。男子考慮了片刻之後，說道：「看守牢房的人不擬違反牢規。公子都安好無恙，請您釋念，安心地回去吧。」並把金項鍊奉還。婦人木然不動，只聽得金鍊

10 指兩個王子的生母，即愛德華四世的妻子伊莉莎白。

落在鋪石地面上，響聲鏗然。

「一定不肯通融嗎？」婦人問道。

「實在愛莫能助。」看守人斷然拒絕。

「陰森的塔影，堅硬的塔壁，冷峭的塔人。」婦人說著，潸然淚下。

場景又換了。

一個身穿黑衣的高大身影出現在院落的一角，彷彿是從古老的寒石壁裡倏地一聲竄出來的。他站在夜與霧的界線上，茫然地環視著四周。不一會兒，又有一個同樣裝束的黑影從陰暗深處冒了出來。高個子仰視著高掛在塔樓角上的星影，說道：

「天黑了。」

「白天可不能露面。」另一個人答道。

「殺人的事也經歷過好多次了，唯獨今天，心中總感到有愧而不得安寧。」高的身影對矮的身影說。

「隔著織錦偷聽兩個孩子的交談，眞想就此罷手回家去呢。」個子矮些的坦率直言。

「收緊繩索的時候，那美如花兒的嘴唇在顫動哪。」

「晶瑩的額上暴出了紫青色的筋紋。」

「那呻吟聲現在還在耳際迴旋呢。」

當黑影再次消失在夜色中時，塔樓上的鐘響了。

想像出來的情景隨著鐘聲而消弭。像石像那樣站立不動的崗哨，現在正背著長槍篤篤地在鋪石路面上來回行走。他踱著步子，內心卻沉浸在與情婦攜手散步的情景裡。

從血塔下穿出來再往前走，有一個漂亮的廣場，廣場中央地勢略高，白塔就矗立在這高處。在塔群中，白塔最爲古老，是昔日的中心建築。縱深二十間[11]，寬十八間，高十五間，壁厚一丈五尺，四個角上聳立著角樓，到處都能見到諾曼時代[12]留下的槍眼兒。西元一三九九年，國民列舉

11 日本長度單位，一間約合一．八一公尺。

12 諾曼王朝起自一〇六六年，終於一一五四年。

三十三條罪狀迫使理查二世[13]讓位，就是在這座塔中進行的。在此塔中，理查二世曾面對僧侶、貴族、武士和法師，向天下宣告讓位。當時，承繼王位的亨利[14]站起來，在額前和胸前劃了十字，說道：

「憑著父、子、聖靈之名，我亨利在純正的血統、賜福之神和摯友至交的幫助下，今日繼承大英帝國的王冠和王權。」

至於前王被黜後的命運如何，無人能道其詳。當這位前王的屍體從龐蒂弗拉克特城堡[15]移至聖保羅教堂時，兩萬民眾前往圍觀，見遺容瘦骨嶙峋，無不爲之震驚。有說是這理查二世曾被八個刺客包圍，但他奪取了一個刺客手中的斧頭，砍死一人，砍倒兩人，但是吃了埃克斯頓[16]的背後一擊，終於飲恨而死。有人仰天歎道：「不是這麼回事，不是這麼回事，理查乃是絕食而死！」且不論哪一種說法更接近事實，反正都不妙。帝王的歷史是悲慘的。

據說樓下的那間屋子在歷史上曾是瓦爾特．羅利被囚時起草《世界史》的地方，我便想像起他那微傾著腦袋思索的情景來——穿著伊莉莎白時期流行的短褲，把絲綢襪子紮到膝頭的右腳擱到左腿上，鵝毛筆的筆端停在紙面上。可惜這間屋子不開放。

由南面走進去，順著螺旋梯向上登，就是有名的兵器陳列所。兵器都閃閃發亮，彷彿時常有人擦拭。在日本時，我只在歷史書和小說中接觸過這些東西，可謂一點也不得要領，眼下見了實物無不清楚明瞭，實在樂不可支。不過欣喜只在一時，現在幾乎忘光了，還是等於零。然而記憶中還留有盔甲的形象，記得其中數亨利六世[17]的盔甲最爲闊氣，全以鋼鐵製成，到處鑲有嵌飾，尤其可驚的是它魁梧異常，穿此盔甲的人至少是個身

---

13 理查二世（1367-1400），在一三七七年繼祖父愛德華三世之後登基，由於為政專制，被堂兄弟亨利舉兵推翻，後被暗殺。

14 指亨利四世（1367-1413），曾受堂兄弟理查二世逼迫而逃往法國。父死後，受封的財產和土地被沒收。後舉兵迫使理查二世下臺，自立為王，治下內亂頻仍。

15 Pontefract Castle，理查二世退位後的短期居所。

16 Piers Exton，莎士比亞在《理查二世》中塑造的殺害理查二世的人物。

17 亨利六世（1421-1471）是亨利五世之子，出生後九個月登基，兼任法蘭西王，後喪失法蘭西領土，精神錯亂，一四六一年讓位於愛德華四世，一四七〇年一度復辟，翌年被囚禁於倫敦塔，旋被暗殺。

高七尺的大漢。我不勝崇敬地望著這盔甲，聽得咯吱咯吱的腳步聲朝我靠來。回頭一看，是 Beefeater[18]。一提起 Beefeater，首先會想到那是只吃牛肉之類食物的人，其實不然。這 Beefeater 是倫敦塔的看守，頭上戴的帽子像是用高筒絲綢禮帽改短的，身穿美術學校[19]學生裝模作樣的衣服，收緊著肥大的袖口，腰間束著帶子。衣服上還有圖案，不過都是由一些互爲直角的極其簡單的直線構成，宛如蝦夷人[20]所穿的馬褂上的圖案。Beefeater 有時還持槍，是那種在柄端的短刃處垂著鬚毛的槍，《三國志》中常常提到。這位 Beefeater 走到我身後停下，他身材不高，胖胖的身子，大部分的鬍子已經白了。

「您是日本人吧？」他微笑著問道。

我覺得自己不是在同當代的英國人說話，反而感到對方是從三四百年前的歷史中鑽出來的，要不，就是我突然邂逅了三四百年前的情景。我沒有吭聲，輕輕地點點頭。對方說了聲「請往這兒來」，我遵命跟著走去。他指著日本造的舊時器械，顯露出「你看見了嗎」的眼神。我又點了點頭。他給我作了說明：「這是蒙古人獻給查理二世[21]的。」我第三次點了點頭。

從白塔出來，往博尚塔去，沿途陳列著大炮，是戰利品。往前一點，有鐵柵欄圈圍，鐵鎖鏈上掛著牌子。走近一看，是舊時的刑場所在地。那些兩年、三年，甚至十年之久被關在不見陽光的地下室的人，某一天突然被拖到地面上來，置於這比地下室更恐怖的地方。當其見了闊別已久的藍天，還來不及稍稍高興一番，兩眼也因目眩而未及分辨出物體的色澤，白光閃閃的斧刃便已切開三尺之空，翻落而下。也許，血液在人活著時早已發涼了吧。只見一隻烏鴉飛下來，收起雙翅，伸尖黑嘴望著人，猶如百年

18 原意是：吃牛肉者、大力士，又專指英王衛士、倫敦塔的守衛人。
19 日本東京藝術大學的舊稱，首任校長岡倉天心於一八九〇年為學校倡制了一種古代日本服裝作為校服。
20 原為日本東北的古代民族之一，現在多指北海道的原住民愛奴族。
21 查理二世（1630-1685），查理一世之子。一六四九年一世被處死後，一度逃亡法國，一六六〇年再度執政。

碧血之恨所化之怪鳥，長久地待在這不吉祥的地方。榆樹在風中沙沙作響，樹枝上也停著一隻烏鴉。不一會兒又飛來一隻，也不知是從哪兒飛來的。有位少婦，帶著一個七歲光景的男孩，站在一旁望著烏鴉。她有著希臘人的鼻子，眼睛如秋水般柔光閃爍，配上雪白的脖子，構成柔和的曲線，使我爲之心動。

男孩仰望著少婦，少見多怪地叫著：「烏鴉，烏鴉。」接著央求道，「烏鴉好像饑寒得難受，給牠吃麵包吧。」

少婦輕聲說道：「這烏鴉呀，什麼也不想吃呢。」

孩子問：「爲什麼呀？」

少婦用一種像是從長睫毛深處飄逸而出的眼神望著烏鴉，說了句「那烏鴉有五隻」，沒有回答孩子的詢問，擺出一副冥思苦索的樣子。我覺得這少婦與這烏鴉之間好像存在著某種不尋常的瓜葛。她解釋烏鴉的心緒如同在說她自己；眼前明明只有三隻烏鴉，她硬說有五隻。我不再理會這個怪女人，逕自走進博尙塔。

倫敦塔的歷史就是博尙塔的歷史，博尙塔的歷史乃是悲慘的歷史。一跨進這座在十四世紀後半葉的愛德華三世[22]時期建造的三層古塔的一樓，立即從四周的牆上看到其中無不體現出可謂百代遺恨的結晶紀念。一切怨恨、一切憤慨、一切憂鬱和一切悲愴，融合著由這怨恨、憤慨、憂鬱、悲愴之極端產生的慰藉，生就了九十一種題辭，至今仍使見者爲之心寒。那些在無情的四壁上，筆筆冷峭地把自身的不幸和定數銘刻在天地間的人，已葬身於「過去」這個無底洞中，徒有這些題辭永遠在人世閃爍。這種自我愚弄的行徑，令人不勝詫異。世上有一種謂爲「反語」的，說的是「白」，指的是「黑」；叫嚷著「小」，卻讓人感到「大」。而在一切「反語」中，恐怕沒有比無意識地留給後世的「反語」更爲強烈的了。墓碣、紀念碑、獎牌、綬章，這一切存在，無非都是讓人從徒具形式的物質上去緬懷已逝去的世代。我覺得，所謂身去跡留、足傳吾人，不啻是忘了

22 愛德華三世（1312-1377），愛德華二世之子，主張握取法蘭西王位的繼承權，引起了百年戰爭。

傳世者無非是悼念逝者的媒介物而不是逝者本身。讓這些「反語」流傳來世，乃是嘲諷此生如幻的行爲。我就不想在臨死前留下什麼告別人世的遺跡，也不想讓人在我死後立下什麼墓碑，也無須請人焚燒骨肉成齏粉、迎著猛烈的西風向天空散撒，多此一舉。

題辭的筆跡當然各不相同。有的因多暇而用工筆楷書；有的因急躁或悲憤而在壁上刷刷地作著急就章，刻出的字跡頗爲潦草；有的在刻有本家家徽的圖案中點綴上古雅的文字；有的在描好的盾形中間留下了頗難讀的句子。字跡不同，文字也不一樣。英語當然少不了，但也有用義大利語和拉丁語的。左面刻著的「吾望在基督」，乃是僧侶帕斯留的話。這帕斯留是西元一五三七年被斬首的。字旁的署名是「JOHAN DECKER」。這DECKER是何許人，不得而知。登上樓梯，見進口處刻著「T.C.」。這只是一個縮寫，當然不知是何人。再離開一段距離，密密麻麻的全是字跡，其右端繪著心型裝飾的十字架，兩側刻著骷髏和徽章。略往前移，見盾形圖案中間塡寫著這樣的字句：「命運徒使我枉然訴於風聽。時亦摧折我。我的星辰多憂傷，我是如此的不幸。」下面是：「尊崇生民，愛慕眾生，畏神敬王。」

可以想像得出，寫這字句者的心中是什麼樣的滋味，恐怕世上不會有比這更痛苦的了。沒有哪種痛苦比意識內容上的無變化更爲痛苦，沒有哪種痛苦比活生生的身體給無形的繩索捆得動彈不得更爲痛苦了。人活著就是可以自由活動，活著而不能夠活動，就等於被奪走了生的意義；只要感到生的意義被奪，將比死更爲苦痛。把這壁上塗抹成如此模樣的人們，無不嘗到了這種比死更爲慘痛的滋味。他們竭盡全力地忍耐自持，去同這種苦痛交戰，最後實在不堪忍耐時，便利用斷釘頭或尖尖的指甲，在無事中找事，在太平中流露不平，在平地上勾起波瀾。他們題寫的每一字、每一筆，都是在他們採取了號啕大哭、涕泗橫流及其他一切可以做到的排遣手段之後，本能的要求卻依然無法滿足的必然結果。

再深入一步想想，既然降臨人世，也就不能不活下去，完全不是貪生怕死，只是不能不活。「存者且偷生」，這符合耶穌、孔子以前的道義，也符合耶穌、孔子以後的道統。這談不上什麼理由，無非是想努力活下去而已。凡是人，都得努力活下去。被囚於這獄中的人也不例外，也要遵循這一原則而努力活下去，但他們同時面臨著必死的命運。他們的心中時時刻刻懸著一個問題：怎樣才能活下去？一旦被關進這獄中，幾乎無人不死。能活著再見天日的人，只有千分之一的比例。所以他們遲早得死。然而古往今來的大眞理叫他們努力活下去，一定要活下去。無奈下，他們便磨利自己的指甲，並用這尖利的指甲在堅硬的壁上刻了個「一」字。刻完「一」字後，眞理依舊在他們的耳邊嘀咕：努力活下去，一定要活下去。他們便等受傷的指甲長好後，再刻了個「二」字。他們明知自己明天就可能在斧刃下骨肉橫飛，卻仍在堅冷的壁上徒然地刻出「一」、「二」以及其他線條和文字，寄託求生的願望。殘留在壁上的這些縱橫不一的痕跡，乃是他們執著求生的魂魄。我的想像之絲追溯到此，頓時感到室內的陰冷氣息彷彿已透過我背脊上的毛孔直往體內鑽，不禁毛骨悚然。壁上似乎潮濕不堪，我便用指尖去碰了碰，但覺濕漉滑膩，有如露水。一看手指尖，竟染爲鮮紅色了。滴滴露珠正從壁角處向下滴落，地板上有滴瀝而成的鮮紅色紋理，呈不規則狀相連。我覺得這是十六世紀的血在向外溢流，甚至能聽到壁中的呻吟聲。這呻吟聲在漸漸地靠近，又變成了透過夜色而來的悽楚歌聲。這裡直通地下的洞窟，裡頭有兩個人。由鬼國吹來的陰風鑽過石壁的裂隙，煽動著小煤油燈，使得本就昏暗的室內，不論是天花板還是四處的壁角，好像都在混沌的煤煙中打旋。微弱的歌聲定是出自洞窟中某人之口。此人把巨斧置於轆轤狀的砥石處，正高捲起衣袖，一味地磨著斧刃。他邊上丟著一把斧頭，白光光的斧刃偶爾隨風閃爍出亮光。另一個人抱著胳膊而立，在看著砥石轉動，臉部從鬍鬚中露出來，半面沐浴著煤油燈光，照到光的部分，顏色就像沾滿了泥巴的胡蘿蔔。

「這樣每天用船送過來，擔任劊子手眞夠忙的呀。」有鬍鬚的人說道。

「是啊，光是磨斧頭，就夠累人的。」唱歌的人回答。他身材矮小，眼睛內凹，膚色黝黑。

「昨天斬了個美人呢。」有鬍鬚者不無遺憾地說道。

「哦，這女子長得雖美，頸部的骨頭卻硬得厲害。你看，這斧刃因此而缺了一塊呢。」他說著，猛轉轆轤。火星在咻咻的響聲中，直向外濺。這磨斧者引吭高歌了：

那女子的頭頸呀，
理該難砍；
在戀的怨恨前，
斧頭卷了刃。

除了咻咻的響聲，什麼響動也聽不到了。煤油提燈的光束被風煽動，照著磨斧人的右頰，彷彿燃著的煤上有著紅光流動。

「明天該輪到誰了？」不一會兒，有鬍鬚者問道。

「明天該輪到那個老太婆了。」對方若無其事地回答後，高昂地唱道：

風流浸染了頭上的白髮，
一旦砍下，
將被鮮血浸染。

轆轤在咻咻地轉動，火星在不停地外濺。

「啊哈哈哈，現在可以了。」他翻動斧頭，移近燈下，在燈影中察看斧刃。

「光是那個老太婆？沒別的人了？」有鬍鬚者又問道。

「不，還有那早已談起過的。」

「可憐哪！到底要問斬了，實在可憐！」

「同情又有何用呢？」他望著漆黑一片的天花板，喟然長歎。

這時，那洞窟、劊子手、煤油提燈等一齊消失，只有我茫然地佇立在博尙塔中。回過神來，卻見身旁站著那個先前要給烏鴉餵麵包的男孩，那位不尋常的少婦也依舊同孩子在一起。男孩望著壁上，頗吃驚地說道：

「那上面畫著狗呢。」

少婦照例用那種猶如舊事物化身似的口氣，斬釘截鐵地答道：「那不是狗。左邊的是熊，右邊的是獅子，這是達德利[23]家的家徽。」

說實在的，我本也以爲那是狗或豬什麼的，現在聽了少婦的說明，越發覺得她是一位很不尋常的人了。於是，我不禁感到她方才說達德利時，那詞句中好像蘊含著極大的力量，簡直是在自報家名似的。我全神貫注地望著這兩個人。少婦繼續爲孩子說明：「刻這家徽的人叫約翰·達德利。」聽她的語氣，彷彿約翰是她的兄弟似的。她說：「這約翰家有兄弟四人，我們可以從刻在熊和獅子周圍的草花上，一點不差地指出這四兄弟來。」我仔細看去，果然，熊和獅子的周邊刻有四種草花，宛如油畫邊的畫框。

「這是橡實，當指安布羅斯[24]；那是玫瑰，當指羅伯特[25]；下面畫的是忍冬吧，忍冬又名 Honeysuckle，所以是指亨利[26]；左上方的那一團是天竺葵，這是指吉[27]……。」她說到這兒住口了。我看見她那副珊瑚一般的嘴唇在不停地哆嗦，簡直像觸了電一樣，又像蝮蛇在老鼠面前吐出舌尖。須臾，少婦清亮地誦讀起寫在家徽下的題辭[28]：

Yow that the beasts do wel behold and se,

May deme with ease wherefore here made they be

Withe borders wherein......

4 brothers' names who list to serche the grovnd.

---

23 即約翰．達德利（約1502-1553），英國大臣，為將簡．格雷推上王位，堅決反對瑪麗登基。後來被處死刑。

24 安布羅斯的英文拼法是Ambrose，與「橡實」的英文拼法Acorn相近。

25 羅伯特的英文拼法是Robert，與「玫瑰」的英文拼法Rose相近。

26 亨利的英文拼法是Henry，與「忍冬」的英文拼法相近。

27 吉爾福德，約翰．達德利的第四子，也是簡．格雷的丈夫，英文拼法是Guildford，與「天竺葵」的英文拼法Geranium相近。

28 這段英文題辭的用詞稍嫌冷僻，大意是：仔細地觀察刻著的動物，大概不難懂為什麼要在這裡刻上以象徵彼兄弟四人名字的草花作圍飾。

少婦以一種像是有生以來無日不背誦的調子朗讀了一遍。說實在的，壁上的字極其難辨。就我來說，再如何仔細揣摩，也辨不出一兩個字來。於是，我越發覺得這位少婦不可捉摸。

我感到氣氛叫人不寒而慄，便穿過此地向前去。走過留有槍眼兒的壁角，眼前出現亂塗一氣的點綴，也不知道圖案還是文字，中間卻用正楷寫著一個小小的「簡」。讀過英國歷史的人，大概不會不知道「簡．格雷」[29]這個名字，而且都會爲她的紅顏薄命和淒慘結局一掬同情之淚吧。由於她丈夫和公公的野心，她竟天眞、從容地把十八歲的年華付諸刑場。遭到蹂躪的薔薇花蕊中自有難以消弭的馨香飄逸，至今仍使治史者感慨系之。有一則逸事[30]談到過那位懂得希臘文、能讀柏拉圖著作的一代學者阿什克姆[31]也爲之瞠目結舌的事。我想，恐怕很多人都會把此逸事作爲想像這位饒有詩興者的好材料。我佇立在「簡」這個名字前一動不動。不對，與其說是不動，倒不如說是動不了更恰當，因爲想像的翅膀已經展開了。起初是眼前一片朦朧，看不見東西。過了一會兒，黑暗中的某一點突然燃起了火光，火焰漸漸增大，其中好像有人在動。接著，慢慢清晰起來，猶如望遠鏡調節好了，景物也清晰地映入了眼簾。接下來，景象越來越大，由遠而近。仔細一看，正中央坐著一個年輕女子，她右側站著一個男子。我覺得好像在什麼地方見過這兩個人。正想著，卻見對方旋即向我靠近，在離我五六間的地方戛然而止。那男子乃是先前在窟穴中唱歌的矮子，眼睛內凹，皮膚黝黑。他左手持著磨畢的斧頭，腰下掛著約有八寸長的短刀，精神抖擻地站著。我不禁爲之一震。女子則在白手絹蒙住了眼睛的情況下，伸出雙手探尋著擱置頭部的砧礅。這擱置頭部的砧礅，大小同日本的劈柴礅差不多，前側裝有鐵環。礅前撒著稻草，看來是用來防止鮮血流淌的。身後的牆邊倚著兩三個女人，正失聲痛哭，想必是侍女。神父

29 簡・格雷（Jane Grey, 1537-1554），亨利七世的曾孫女，才貌雙全。在約翰・達德利的慫恿下，與達德利的第四子吉爾福德結婚後登基，因遭國民反對，在位九天即下臺，夫婦倆均被處死。
30 事見阿什克姆的《學校教師》，說阿什克姆有一次為去德國旅行而向主人請假，不料主人舉家外出打獵，只有簡一個人在用希臘語讀著柏拉圖的著作。
31 羅傑・阿什克姆（Roger Ascham, 1515-1568），英國的人文學者，劍橋大學的希臘語教授，曾任伊莉莎白一世的家庭教師、愛德華六世和瑪麗女王的拉丁語秘書。

身穿捲起白毛內裡的法衣，拖著長長的衣裾，低頭拉著女子的手，向砧礅處去。女子穿著如雪白的衣服，披到肩上的金髮不時像雲一樣地浮動。突然，我瞥見了她的臉，心中大爲吃驚：除了被蒙住的眼睛，她的眉毛、長臉蛋以至纖柔的頸部，一如先前出現的那個少婦。我不由得要走上前去，但是腳動彈不了，一步也邁不出去。女子總算探尋到了斬首礅，伸出雙手去觸摸，嘴唇哆嗦著，這同先前給男孩解釋達德利家家徽時的樣子分毫不差。接著，她微側著腦袋，問道：

「我丈夫吉爾福德．達德利已經去天國了？」她的一綹頭髮掠過肩膀，在輕輕地起伏。

「不知道呢。」教士回答後，又問道，「你還不想歸依正道嗎？」

女子正顏厲色地回敬道：「我同我丈夫篤信的道才稱得上是正道。你們的道是邪道，是旁門左道。」

教士無話可說了。

女子便以比較從容的語調說道：「若是我的丈夫先行一步，我當追隨而去；若是他比我遲走，我當替他帶路。我們將循著正道走向眞正的天國。」說完話後，她從容地把腦袋落在斬首墩上。

那個眼睛下凹、皮膚黝黑、身材矮小的劊子手「嗨」一聲拿起沉重的斧頭。當我覺得自己的褲筒上好像濺著了兩三滴血時，眼前的一切景象頓時消失得無影無蹤。

環視周圍，那帶著男孩的少婦不知到何處去了，根本不見蹤影。我帶著一副像是中了邪的神態，茫然地走出塔外。出來時又從鐘塔下通過，好像看到蓋伊・福克斯[32]那形同閃電的面孔在高高的視窗處探了一下，甚至聽到了他的聲音：「再早一個小時的話……。這三根火柴擦不亮，實在遺憾。」我自己也感到心緒有些不對頭，便急匆匆地走出了塔。跨過塔橋後回頭望望，也許這是北方常有的氣候吧，這一天不知何時竟也下起雨來了。這濛濛細雨猶如鑽過篩子孔的糠皮，黏滿了充溢全城的塵土和煤煙，

32 蓋伊・福克斯（Guy Fawkes, 1570-1606），一六〇五年十一月五日在國會的地下室裡安置炸彈、圖謀炸死詹姆斯一世的首犯。事發後被囚於倫敦塔，最後被處死。

使天地間一片迷濛，而像地獄的陰影似的挺立在其中的，正是倫敦塔。

我一個勁兒地趕回宿處，告訴房東：「我今天去參觀過塔了。」房東說：「那兒有五隻烏鴉吧。」我聽了不由得暗自吃驚不淺——喲！這房東也同那少婦沾親帶故嗎？房東笑了，同時不當一回事地解釋道：「那是奉獻給神的烏鴉，飼養在那兒由來已久了，一旦不足五隻，就會立即補足的。所以那群烏鴉永遠是五隻。」

爲此，就在參觀了倫敦塔的當天，我的想像已有一半被毀。我便又向房東談了壁上有題辭的事，房東再度漫不經心地說道：「哦，那些題字呀，都是鄙俗不堪者的劣跡，把好好的地方糟蹋得不像個樣子。說是什麼囚犯留下的筆跡云云，完全是無稽之談，其中還有很多是刻意僞造出來的哪。」

最後，我不勝驚訝地談起遇見那漂亮少婦的事，談到這位少婦講了些前所未聞的事和流暢誦出那些無法辨認的題辭的事。房東用非常輕蔑的語調說：「那是很正常的事嘛。人們去參觀前，都翻閱過旅遊指南什麼的，能講出、念出那些玩意兒，又有什麼可大驚小怪的呢！還有，你是說那女人很漂亮，對不對？我告訴你，倫敦有的是漂亮女人，稍不留神就會受其害的哪！」房東引出了一個新的嚴峻課題。爲此，我的後半部分的想像也被毀了。房東是二十世紀的倫敦人！

從此以後，我決定再也不同任何人談這倫敦塔的事，而且再也不去參觀了。

這篇作品雖然是煞有其事地信筆寫出來了，實際上有一大半是想像出來的，敬請讀者閱讀時留心這一事實。在有關塔的歷史上，我不時想物色一些戲劇性的有趣軼事來連綴，但是弄巧成拙，竟露出了許多斧鑿的痕跡，也只好任之了。其中伊莉莎白（愛德華四世的妻子）來見幽禁中的兩個王子的情節以及殺兩王子的刺客所說的話，都取自莎士比亞的歷史劇《理查三世》。莎翁在寫克拉倫斯公爵於塔中被殺時，用的是正面描寫法；在寫王子被勒死時，用的是側面襯托法，借刺客的話從側面來反映出表裡的情節。我從前讀此劇時，就對這一段的描寫饒感興趣，所以現在也襲用了這種手法。當然，對話的內容和周圍的氣氛等，都是我憑空想像出來的，這同莎翁完全無涉。在這裡，我還想就劊子手唱歌、磨斧一節作點說明。這一情節完全是取材於安斯沃思[33]的小說《倫敦塔》，對此，我沒有任何理由認爲其中有我的創作成分。安斯沃思是在描寫斬首索爾茲伯里伯爵夫人的事件時，提到斧刃崩掉一塊的。我讀那本書時，對劊子手打磨受損斧刃的一節極感興趣，雖然這段情節還不足兩頁的篇幅。還有，那一邊磨斧一邊漫不在乎地大唱俗曲的情節也不過占去了十五六分鐘的時間，但對全篇的戲劇性起著畫龍點睛的作用，使人尋味無窮。於是，我也就完全襲用了。不過，歌曲的意味、歌詞、兩個獄吏的對話、洞窟的昏黑情景等完全無涉的方面，則是我想像出來的。在這裡，我想順便把安斯沃思通過獄吏之口唱出的歌介紹一下：

The axe was sharp, and heavy as lead,
As it touched the neck, off went the head!

Whir—whir—whir—whir!

Queen Anne laid her white throat upon the block,
Quietly waiting the fatal shock;
The axe it severed it right in twain,
And so quick—so true—that she felt no pain.

Whir—whir—whir—whir!

Salisbury's countess, she would not die
As a proud dame should—decorously.
Lifting my axe, I split her skull,
And the edge since then has been notched and dull.

Whir—whir—whir—whir!

Queen Catherine Howard gave me a fee, —

---

33 威廉・哈里森・安斯沃思（William Harrison Ainsworth, 1805-1882），英國小說家、雜誌編輯，主要寫歷史小說。代表作有《倫敦塔》（1840）、《蓋伊・福克斯》（1841）等。

A chain of gold—to die easily:
And her costly present she did not rue,
For I touched her head, and away it flew!

Whir—whir—whir—whir![34]

我很想把這歌詞都譯出來，但是力不從心，而且篇幅過長，遂作罷。

至於幽禁兩位王子以及簡·格雷被處死的場景，實在多得力於德拉羅什的繪畫[35]，它使我的想像有了歸結。我謹在此一表謝意。

用船押送來的囚犯中，有一個叫魏阿特的，他是名詩人的兒子，曾爲了簡·格雷而舉兵。他們父子同名，我在這裡說明一下，以免混淆。

照理說，我應該把塔中和塔周圍的景物寫得更詳細一些，以使讀者在不知不覺中明瞭塔的情況，並有身臨其境的感覺，但我撰此文的目的畢竟不是爲了遊覽者，再說隨著年月的流逝，對景物的印象實在是已模糊了，所以動輒就會羅列一些主觀性的詞語，有時恐怕會使讀者讀了後心中不快。爲此，我先在這裡打個招呼，敬請諸位諒解爲幸。

34 此段原文以英文書寫，中文翻譯如下：像鉛一樣重的鋒利的斧頭，一碰到人的脖子，頭就滾落下來！呼——呼——呼！安妮王后的雪白的頭頸擱在斷頭臺上，靜靜地等待著那致命的一擊；斧頭正好把她的頭和身體一分為二，砍得是那麼快，那麼準確，她一點沒感到痛苦。呼——呼——呼！索爾茲伯里伯爵夫人，她不肯像高傲的夫人那樣，堂堂正正地死去。我舉起斧頭，劈下她的腦袋，此後，斧刃就有了缺口，變鈍了。呼——呼——呼！凱薩琳·霍華德王后給了我一筆賞金——一條金項鍊，好讓她舒舒服服地死去。她這貴重的禮物沒有白送，因為我一斧就把她的頭劈飛了！呼——呼——呼！

35 法國畫家保爾·德拉羅什（Paul Delaroche, 1797-1856）的作品《塔中王子》和《簡·格雷夫人之死刑》，兩畫分別藏於巴黎羅浮宮和英國國家畫廊。

譯跋　春風風人，春雨雨人

在日本，提到作家夏目漱石，可說無人不知。最常用的一千日元紙幣正面曾以夏目漱石的肖像爲圖案。至於夏目漱石的作品，從袖珍型的文庫本到各種開本的文集、全集，始終是書店常備的熱門書。而且，兒童讀物、青少年讀物、知識教養叢書、中老年愛讀書目以及各種文學名著書目裡，都少不了夏目漱石的作品。

夏目漱石在世四十九年，正是日本明治維新後的四十九年。近代日本確立時期的日本社會中發生的種種社會現象、社會事件乃至明治文明的形式及表現，都在夏目漱石的作品裡有所反映和論述。

夏目漱石的出現，使日本近代文學面目一新。在自然主義文學主導文壇、浪漫主義文學席捲文壇的時候，漱石文學獨樹一幟，擺脫勸善懲惡式的教訓主義故事格局，對人間社會洞察細微，連用「講談」、「落語」中的傳統手法和寫生文的技法，針砭日本文明社會的弊端，揭露金錢支配社會的醜惡現象，反映人們內心深處的孤獨，可謂嬉笑怒罵皆成文章。漱石作品的讀者層次廣泛，知識份子尤其報以青睞，置身其間，備感親切。

夏目漱石亦是一位德高望重的文壇領袖。其住所的書齋漱石山房，不啻是當時文人的殿堂。有才能的文學青年和作家，多在漱石的獎掖、薰陶下，成名成家於文壇。作品膾炙人口的芥川龍之介就是其中之一。從夏目漱石致芥川龍之介與久米正雄的一則普通的覆信中，足可窺見夏目漱石誨人不倦的形象。對於當時尚未為人所知的兩名青年的來信，夏目漱石諄諄告誡，一絲不苟。夏目漱石大概從這兩名才情橫溢的青年身上感到了一種不祥氣氛，遂殷切直言：宜超然於世間文士之評，如牛之強穩有力地邁步向前。旨在指出：勿為文壇之區區評價而喜而憂，勿介意於世間文士，要努力於己之所見、己之所尚，則佳作必為世間所承認。

其實，此乃夏目漱石一貫之思想。對人也好，對社會也好，夏目漱石極為注重其內在內發的因素，批評明治的日本社會不過是在模仿西歐的外表形態，絕非內在眞髓的變革。所以，當日本因在日俄戰爭中獲得勝利而沉浸於世界一流強國的興奮中時，夏目漱石在《三四郎》裡借廣田先生之口，喊出了日本要亡國。

有人分析說，也許是因爲日本尚未眞正成爲內在內發的國家吧，所以夏目漱石的作品至今仍在日本盛銷不衰，夏目漱石亦始終是日本超越了時代的熱門作家。一百年來，漱石文學在日本社會舉足輕重，今後仍會不同凡響。

夏目漱石生於一八六七年一月五日，舊曆是日爲庚申。民間流傳，生於庚申之日者，名中須帶有「金」字，否則成人後多當大盜。於是父母命名「金之助」。翌年，江戶幕府倒臺，日本改年號爲明治，步入近代化新階段，史稱「明治維新」。如若按照日本人多用實足年數計算年齡的習慣，則漱石與明治同齡。

夏目家曾是世襲的行政官僚。夏目漱石在東京新宿區誕生時，家道已經中落，其父只是該區屬下的一名小官吏。其母是續弦。夏目漱石是眾多子女中的幼子，出生後未受重視，零歲時被送入舊貨商鹽原家當養子。嬰兒時期的漱石常坐在籮筐裡，同那些舊貨舊物一起陳置於地攤。五年後，漱石被送回夏目家。至於復籍生家，漱石已二十一歲。當時夏目家的長子次子相繼因肺病而死亡。看來，自小不運的經歷，使漱石對「人間愛」敏感不凡，以致後來的漱石文學在表現「人間愛」方面亦豐富多姿。

一八八一年，夏目漱石十四歲，他離開東京府立一中，轉入二松學舍求學，打下了漢學的基礎。漢文的素養使漱石文學別具一格，使他馳騁文壇得心應手。比如「浪漫」這個漢字譯詞，就出於漱石之手而被沿用至今。當時，「浪漫主義」這一受西歐影響而風行日本的時髦流派，由森鷗外譯作「傳奇主義」。

其實，夏目漱石爲生計慮，起先是想學建築的。後來聽從朋友米山的建議，感到選建築專業是出於一己之得失，有志者當以天下爲己任而改選文學。

一八九三年，夏目漱石從當時的東京帝國大學英文系畢業，因愛吟詠漢詩，兼受中學時代的好友正岡子規的影響，便致力於俳句的創作。這對後來的漱石文學在擺脫俗氣、俗臭的脫俗性上，有著無與倫比的作用。漱石這個筆名典出中國南北朝時期的名著《世說新語・排調》，涵有固執異癖之意。由此亦可窺見夏目漱石之情趣所在。

此時，夏目漱石有志於英文和英國文學的教學及研究工作，在舊制高等學校執教鞭，講授英文，根本沒有寫小說的打算。

一九〇〇年，夏目漱石作為日本文部省第一批公費留學生，赴倫敦研究英文，頗感夙願得償。但是，赴英伊始，倫敦生活費之高昂使他拮据不安，經常嚼餅乾充饑，閉於宿舍攻讀英國文學著作。不久，他似有所悟，對這種研究產生狐疑，開始探索文學之眞髓。爲了這個新的大課題，夏目漱石節衣縮食，購買參考書籍，潛心探究，以致疏忽了向文部省的彙報，受到重責。

發憤研究的結果，夏目漱石寫出了《文學論》。與此同時，留學經費之不足，貧困的生活現狀，加上可怕的孤獨感，使他的神經衰弱症日益嚴重。在留學期限臨近之時，文部省聞說夏目漱石有病態發作之虞，遂發電，命另一名旅歐留學生護送精神異常的夏目漱石提前回國。

一九〇三年，夏目漱石回國，作爲小泉八雲的繼任者，在第一高等學校任教，並在東京大學講授英國文學、《文學論》以及《文學評論》。但是，兩年有餘的極不愉快的留學生活和苦痛體驗，使他對研究英國文學日益感到不安和空虛。加上精神狀態每下愈況，夏目漱石遂在朋友的慫恿下，走上了創作之路。換言之，夏目漱石年近四十才開始寫小說，這是小說家中頗爲罕見的。但是，正因爲如此，夏目漱石的小說往往蘊藉著圓熟深邃的人生哲理。第一部小說《我是貓》是借貓之眼來洞察人類社會，痛快淋漓地諷刺並鞭笞社會的功利、鄙俗、傲慢、野蠻，描寫了明治時代知識份子的良心，使人感受到人生和人性深處的眞相。

夏目漱石是日本較早接觸西洋文化和西洋文明的知識份子，亦較早洞察到日本的西洋文明化有重大弊端。

一九〇七年，夏目漱石不堪教師生涯的身心折磨，應朝日新聞社予以大學教授同等待遇之聘，進入朝日新聞社，成爲報社專職作家，一年須發表十二篇作品。嗣後，夏目漱石在《朝日新聞》上絡繹發表連載小說。入社後的第一部長篇連載小說是《虞美人草》。接著是愛情三部曲《三四郎》、《後來的事》、《門》，描繪了自然天成左右人生的幸與不幸，而弦外餘音是：當人們在內省之下，決心不顧社會制裁也要歸依自然之昔我，其結果，會不會陷入以更深的內省再度否定目前之自我的境地呢？

《門》完成後，夏目漱石到伊豆修善寺靜養，一度嚴重吐血，生命危篤。起死回生後，他的心境有頗大的變化。在此期間，他堅決辭退文學博士的稱號，令世人驚歎。

在嗣後的三年裡，夏目漱石以綴短篇爲長篇的形式，發表了《過了春分時節》，發表了描繪身心疲憊與文學生涯的長篇小說《行人》、描述三角戀愛中日本人文學理念觀的長篇小說《心》、自傳體性質的長篇小說《紛擾》。

一九一六年，夏目漱石在上一年連載完《紛擾》後，發表連載小說

《明暗》，但未及完成便病逝，享年四十九歲。

夏目漱石的隨筆，就其文章來說，乃是日本語的範文。在中國，文學本源於經史之類的文章，有「言無文，行不遠」之說。日本自古以來受中國的影響，亦以隨筆、日記文學爲正統，體現文人的品學和地位。

這裡選譯了夏目漱石的四篇隨筆。

《倫敦塔》是夏目漱石發表第一部小說《我是貓》之第一章時問世的。作品巧妙地展現了英國專制王朝的血腥歷史。漱石的豐富想像力以及其學貫東洋西洋的素養得到充分的發揮。

《文鳥》和《夢十夜》寫於一九〇八年夏。秋季起開始連載愛情三部曲。《文鳥》當是夏目漱石眾多作品中最美的一篇，美麗的文鳥不啻是從他心坎裡飛出來的青鳥，作品寄託著他的良苦用意。《夢十夜》則通過十個夢境，以象徵的、隱晦的手法，寓意漱石對人生的疑慮和困惑。第一夜表現人對愛的期待，第二夜表現人的生存意志使人不能進入空無境界，第三夜表現人多負有沉重的原罪，第四夜表現希望之不足憑依，第五夜表現邪惡破壞美夢，第六夜表現人之不能成全美，第七夜表現人生無非是飄蓬，第八夜表現幻象與實在之矛盾，第九夜表現於悲痛中祈求外力之虛妄，第十夜表現兩性之相克。

《玻璃門內》則是夏目漱石去世前一年寫的雜感性質的小品集。多爲生與死的思索。他認爲「死」是至高的境界，同時慨歎人無法擺脫「生」的本能和執著。

夏目漱石的作品很少直接道及其個人的生活和思想，而這幾篇隨筆觸及了他的內心世界和複雜的人生觀，頗値得留意。

吳樹文

二〇一二年春

玻璃門內

NeoReading 08
作　　者　夏目漱石
譯　　者　吳樹文
責任編輯　許芳菁
行銷企畫　翁紫鈁
副總編輯　劉容安
總 編 輯　席　芬
社　　長　郭重興
發行人兼出版總監　曾大福
出　　版　自由之丘文創事業 / 遠足文化事業股份有限公司
email: freedomhill@bookrep.com.tw
發　　行　遠足文化事業股份有限公司
23141 新北市新店區民權路 108-3 號 6 樓
電話：(02)2218 1417　傳眞：(02)8667 1065
劃撥帳號：19504465　戶名：遠足文化事業股份有限公司

封面設計　何佳興
內頁排版　黃雅藍
印　　製　卡樂彩色製版印刷有限公司
法律顧問　華洋法律事務所　蘇文生律師
定　　價　280 元
初版一刷　2012 年 10 月
ISBN 978-986-88359-6-2
Printed in Taiwan

本書譯文由上海雙九文化諮詢有限公司授權使用
著作權所有・侵犯必究

國家圖書館出版品預行編目資料

玻璃門內 / 夏目漱石著 ; 吳樹文譯 .
-- 初版 . – 新北市 : 自由之丘文創 ,
遠足文化 , 2012.10
面 ;　公分 . --（NeoReading ; 8）
ISBN 978-986-88359-6-2（平裝）
861.57　　101018907